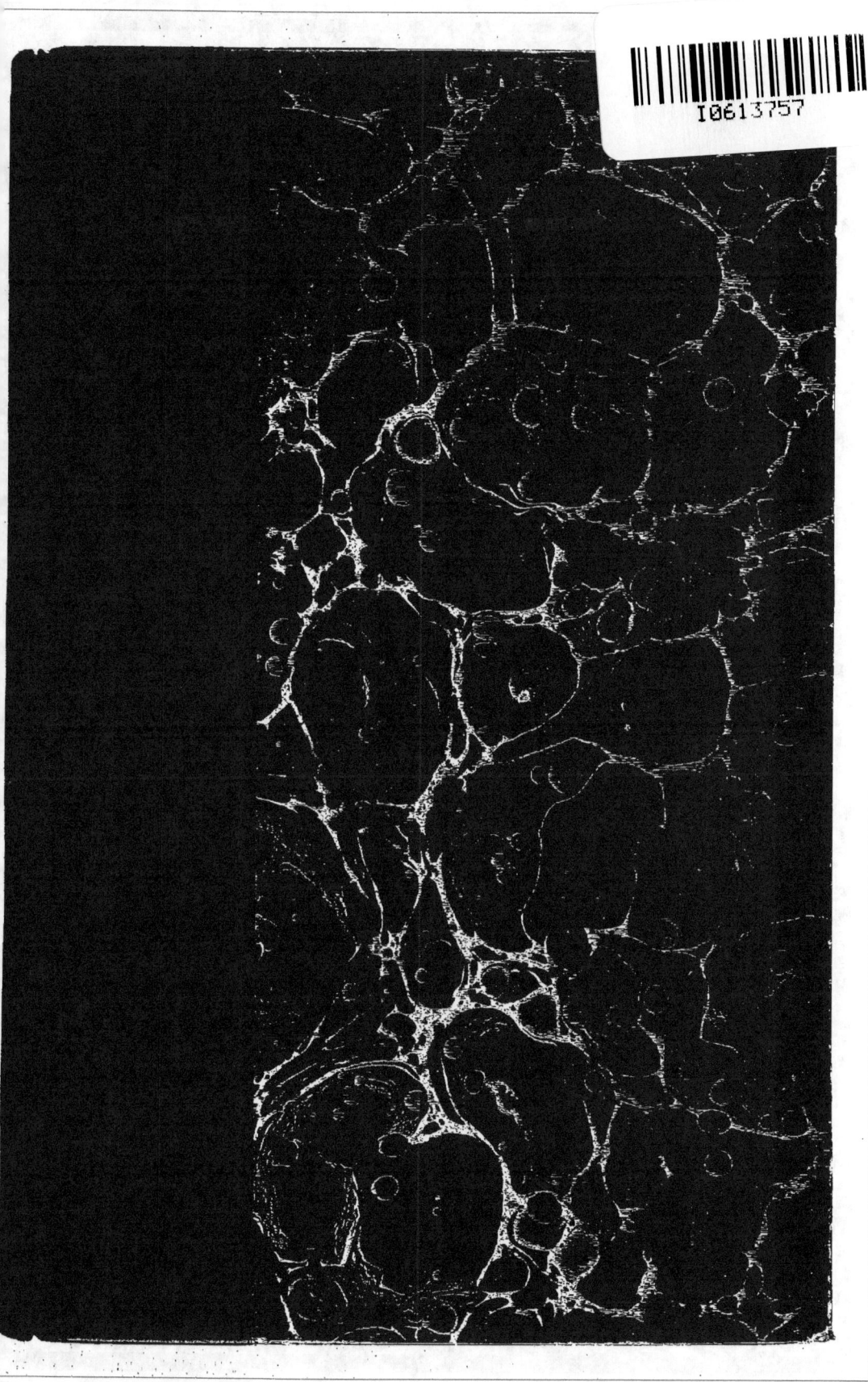

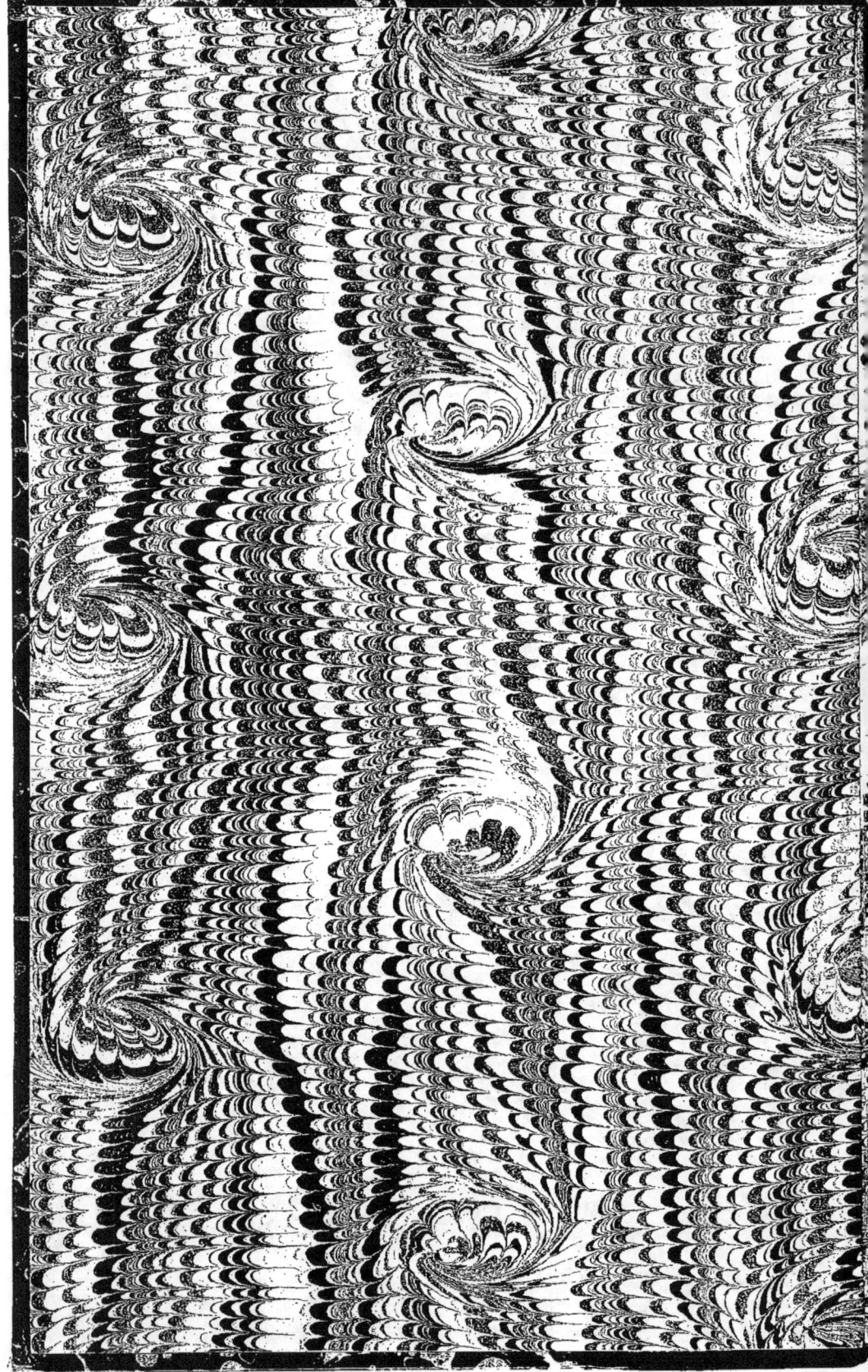

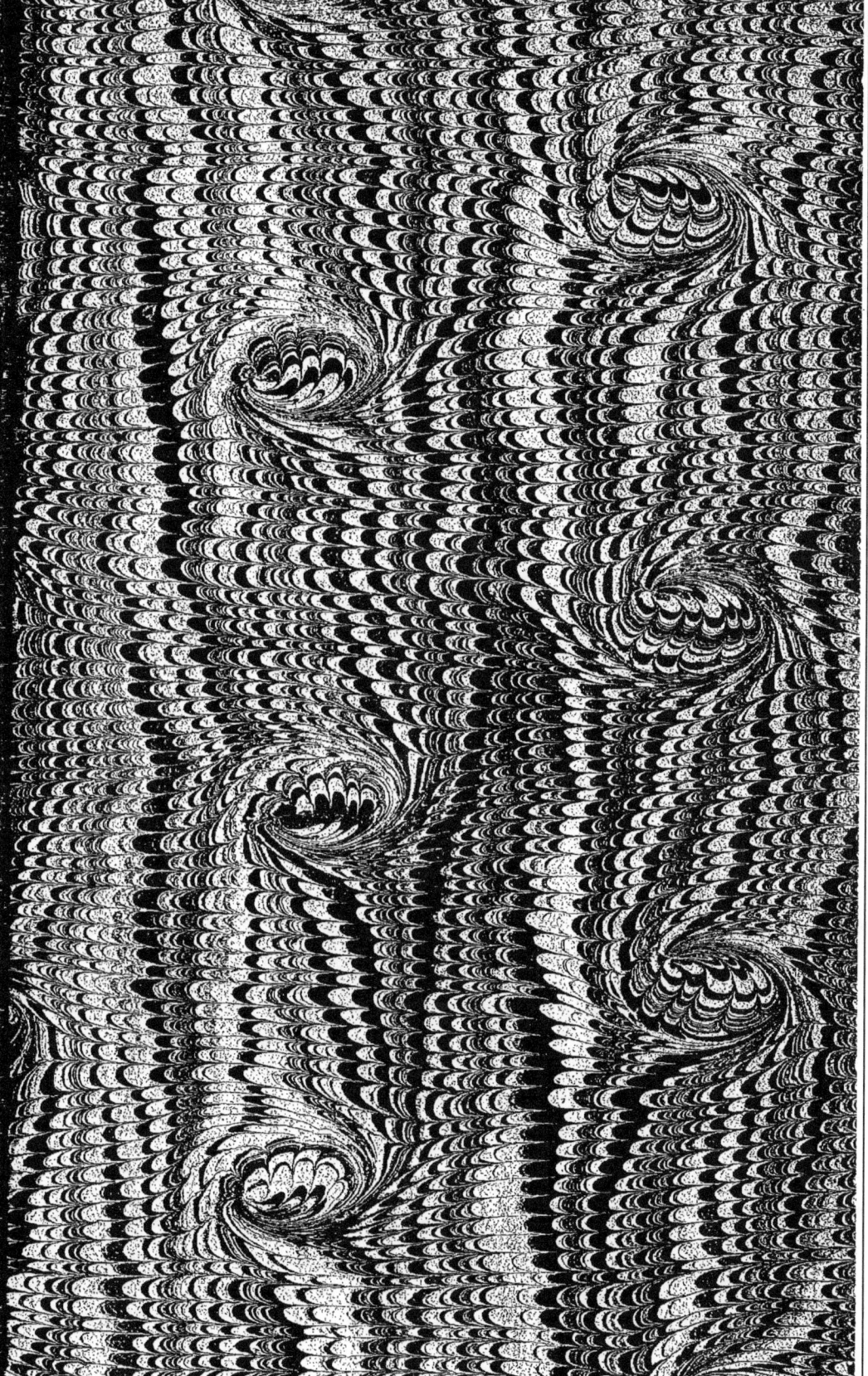

LA
MARÉCHALE D'ANCRE

DRAME.

PAR M. LE COMTE

ALFRED DE VIGNY,

AUTEUR DE CINQ-MARS, DES POÈMES ANTIQUES ET MODERNES,
DU MORE DE VENISE, ETC., ETC.

Représenté sur le Théâtre royal de l'Odéon, le 25 juin 1831.

Avec un dessin de M. Tonny Johannot.

PARIS,

CHARLES GOSSELIN, LIBRAIRE,
RUE SAINT-GERMAIN-DES-PRÉS, N° 9;

BARBA, PALAIS-ROYAL,
GRANDE COUR.

M DCCC XXXI.

Imprimerie de Cosson.

LA MARÉCHALE

D'ANCRE.

PARIS. —IMPRIMERIE DE COSSON,
Rue Saint-Germain-des-Prés, n° 9.

LA MARÉCHALE D'ANCRE.

La Maréchale — « Regardez bien cet homme ! » (Acte V, Scène dernière)

LA,
MARÉCHALE D'ANCRE,

DRAME,

PAR M. LE COMTE

ALFRED DE VIGNY,

AUTEUR DE CINQ-MARS, DES POÈMES ANTIQUES ET MODERNES,
DU MORE DE VENISE, ETC., ETC.

REPRÉSENTÉ SUR LE THÉATRE-ROYAL DE L'ODÉON,
LE 25 JUIN 1831.

Quos vult perdere Jupiter dementat.

PARIS,

CHARLES GOSSELIN, LIBRAIRE,

RUE SAINT-GERMAIN-DES-PRÉS, N° 9;

BARBA, LIBRAIRE, PALAIS-ROYAL.

M DCCC XXXI.

AVANT-PROPOS.

La minorité de Louis XIII finit comme elle avait commencé : par un assassinat. Concini et la Galigaï régnèrent entre ces deux crimes. Le second m'a semblé être l'expiation du premier; et pour le faire voir à tous les yeux, j'ai ramené au même lieu le pistolet de Vitry et le couteau de Ravaillac, instrumens de l'élévation et de la chute du maréchal d'Ancre, pensant que, si l'art est une fable, il doit être une fable philosophique.

**

Il me suffira d'indiquer ici les ressorts cachés par lesquels se meut tout l'ouvrage. Les spectateurs et les lecteurs attentifs sauront en suivre le jeu, et ceux qui les ont découverts me sauront gré de n'avoir pas laissé ces ressorts à nu dans le corps du drame.

Au centre du cercle que décrit cette composition, un regard sûr peut entrevoir la Destinée, contre laquelle nous luttons toujours, mais qui l'emporte sur nous dès que le caractère s'affaiblit ou s'altère, et qui, d'un pas très-sûr, nous mène à ses fins mystérieuses, et souvent à l'expiation, par des voies impossibles à prévoir. Autour de cette idée : le pouvoir souverain dans les mains d'une femme ; l'incapacité d'une cour à manier les affaires publiques ; la cruauté polie des favoris ; les besoins et les afflictions des peuples sous leurs règnes. Ensuite les tortures du remords politique ; puis celles de l'adultère frappé, au milieu de ses joies, des mêmes peines qu'il donnait sans scrupule ; et, après tout, la pitié que tous méritent.

J'ai beaucoup à me louer de tous les acteurs de l'Odéon. J'avais tenté de donner un caractère à chacun des personnages de ce tableau d'histoire. Plus le tableau était vaste, moins ses détails multipliés devaient tenir de place ; il fallait donc que, pour concourir à l'ensemble, chaque acteur fît le sacrifice de l'étendue de son rôle. Cela s'est fait avec un accord et un esprit bien rares et qui méritent beau-

coup d'éloges. J'ignore, du reste, entièrement l'art
de rédiger ce procès-verbal de la représentation
que l'on joint souvent à l'impression. Apprendre
au public ce qu'il a applaudi, me semble au moins
inutile. Tous les soirs il distribue lui-même large-
ment une noble récompense aux mieux faisans
du tournoi. Chaque élan d'inspiration est reçu
par un élan d'enthousiasme. Cela vaut mieux que
les louanges d'un auteur qui court le risque de
vanter les rôles en louant ceux qui les ont repré-
sentés.

Juillet 1831.

PERSONNAGES.

PERSONNAGES.	ACTEURS.
LA MARÉCHALE D'ANCRE.	Mlle George (1).
CONCINI.	M. Frédérick.
BORGIA.	M. Ligier.
ISABELLA.	Mlle Noblet.
PICARD.	M. Ferville.
SAMUEL.	M. Duparay.
DE LUYNES.	M. Doligny.
FIESQUE.	M. Delafosse.
THÉMINES.	M. Eric-Bernard.
DÉAGEANT.	M. Valkin.
Madame DE ROUVRES.	Mlle George cadette.
Madame DE MORET.	Mlle Duchemin.
Le prince de CONDÉ.	M. Arsène.
VITRY.	M. Delaistre.
MONGLAT.	M. Chilly.
CRÉQUI.	M. Paul.
D'ANVILLE.	M. Ménétrier.
Le comte de LA PÈNE.	M. Tom.
De THIENNES.	M. Ch. Hoster.
Premier laquais de Concini.	M. Tournan.
Deuxième laquais.	M. Rihoelle.
Premier gentilhomme de Concini.	M. Auguste.
Premier officier.	M. Saint-Paul.

(1) Les journaux manquent d'étendue pour analyser les créa-
tions de l'art difficile de la scène. Je ne crois pas qu'il y en ait
un seul, par exemple, qui n'ait dit de mademoiselle George,
qu'elle avait dépassé toutes les espérances de ceux qui sont le plus

habitués à l'admirer ; qu'elle avait saisi, avec une finesse à laquelle la tragédie n'exerce pas, toutes les nuances d'un caractère représenté dans sa vie intérieure et sa vie publique ; que le sourire de la comédie, qu'on ne lui avait jamais permis, était plein d'agrément en elle, et qu'il ne faisait que rendre ses douleurs plus douloureuses au spectateur. Ce n'était pas dire assez, ce spectateur en a dit plus :

> On lui battit des mains encor plus qu'à Clairon.

Laissons donc le public rendre sa justice sur les bancs même du théâtre.

———

CARACTÈRES.

LA MARÉCHALE D'ANCRE. — Femme d'un caractère ferme et mâle, mère tendre et amie dévouée ; calculée et dissimulée à la façon des Médicis, dont elle est l'élève ; manières nobles, mais un peu hypocrites ; teint du Midi sans couleurs ; gestes brusques parfois, mais composés habituellement.

CONCINI. — Parvenu insolent ; incertain dans les affaires, mais brave l'épée à la main. Voluptueux et astucieux Italien, il regarde et observe long-temps avec précaution avant de parler ; il croit voir des piéges partout, et sa démarche est indécise et hautaine comme sa conduite ; son œil fin, impudent et cauteleux.

« Jamais, dit un historien du temps, esclaves ne furent tant » serfs de leurs maistres qu'il l'estoit de ses voluptez ; jamais » esclave tant fugitif de son maistre qu'il l'estoit des lois et de » la justice. — Il estoit grand et droit, et bien proportionné de » son corps ; mais depuis quelque temps l'appréhension qu'il » avoit le rendoit plus pâle de visage ; plus hagard en ses yeux, » et plus triste son teint basané. »

BORGIA. — Montagnard brusque et bon. Vindicatif et animé par la *vendetta*, comme par une seconde âme ; conduit par elle comme par la destinée. Caractère vigoureux, triste et profondément sensible. Haïssant et aimant avec violence. Sauvage par nature, et civilisé comme malgré lui par la cour et la politesse de son temps.

Silencieux, morose et rude de gestes et attitudes. Teint presque africain. Costume noir. Epée et poignard d'acier bronzé.

ISABELLA MONTI. — Jeune Italienne naïve et passionnée. Ignorante, dévote, sauvage, amoureuse et jalouse. Passant de l'immobilité à des mouvemens violens et emportés. Costume corse, élégant et simple.

FIESQUE. — Blanc, blond, frais, rose, de joyeuse humeur et de vie heureuse. L'air ouvert, franc, étourdi. L'allure légère et gracieuse, le nez au vent, le poing sur la hanche, les gants à la main, la canne haute. — Bon et spirituel garçon.

— Habit de courtisan recherché. Attitude de raffiné d'honneur. — Rubans et nœuds galans de couleurs tendres. Une aiguillette zinzolin jaune et noire, comme tous les gentilshommes du parti de Concini.

SAMUEL MONTALTO. — Riche et avare, humble et faux. — Juif de cour. Pas trop sale au dehors, beaucoup en dessous. — Beau chapeau et cheveux gras.

DÉAGEANT. — L'histoire dit qu'il trompait le roi, la reine-mère et la maréchale par de fausses confidences.

Magistrat-courtisan à la figure pâle, au sourire continuel, à l'œil fixe. Il marche en saluant, et salue presque en rampant. Il ne regarde jamais en face, et prend de grands airs quand il est le plus fort.

— Habit du parlement.

PICARD. — Homme de bon sens et de bon bras. — Gros et gras, franc du collier, probe et brusque. Superstitieux par éducation, mais se méfiant un peu de son penchant à croire les bruits merveilleux. — Habitudes de respect pour les seigneurs. Énergie de la ligue et des guerres de Paris.

— Habits simples et propres des bourgeois armés du temps.

M. DE LUYNES. — Très-jeune et très-blond. Favori ambitieux et cruel ; froid, poli et raide en ses manières. Empesé dans ses attitudes ; ayant cet aplomb imperturbable de l'homme qui se sent le maître du maître et sait le secret de son pouvoir.

Mᴀᴅ. DE ROUVRES. — Femme de la cour, importante, égoïste et fausse.

Mᴀᴅ. DE MORET. Femme de la cour, élégante, insouciante, hautaine et égoïste.

M. ᴅᴇ THÉMINES. — Quarante-cinq ans. Grave et froid personnage qui sait la cour parfaitement. Ironique dans ses politesses, et ayant toujours une arrière-pensée.

Lᴇ ᴘʀɪɴᴄᴇ ᴅᴇ CONDÉ (Henri II de Bourbon). Il avait alors trente ans. Chef des mécontens. Manières nobles et un peu hautaines. Il est placé comme Louis XIII, dans l'histoire: nul entre deux grands hommes. Son père fut le fameux Condé protestant, compagnon d'armes de Coligny, tué à Jarnac ; son fils fut le grand Condé. — Ce qui le particularise le mieux est l'amour du vieux Henri IV pour sa jeune femme, qu'il mit en croupe derrière lui, et emmena hors de France.

Lᴇ ʙᴀʀᴏɴ ᴅᴇ VITRY. — Homme de guerre et de cour, déterminé et sans scrupules. Un de ces hommes qui se jettent à corps perdu dans le crime, sans penser qu'il y ait au monde une conscience et un remords. — Allure cavalière d'un matador.

CRÉQUI. — Avantageux et joueur.

MONGLAT. — Rieur impertinent.

D'ANVILLE. — Insouciant.

Dᴇ THIENNES. — Un des basanés à mille francs de Concini.

Lᴇ ᴄᴏᴍᴛᴇ ᴅᴇ LA PÈNE. — Enfant délicat, élégant et mélancolique.

LA MARÉCHALE
D'ANCRE.

ACTE PREMIER.

Une galerie du Louvre. — Des seigneurs et gentilshommes jouent autour d'une table de trictrac, à gauche de la scène (1). — Au fond de la galerie passent des groupes de gens de la cour qui vont chez la reine-mère.

SCENE I.

Le maréchal de THÉMINES, FIESQUE, CRÉQUI, MONT-GLAT, D'ANVILLE, SAMUEL, BORGIA.

CRÉQUI (au jeu).

M. de Thémines a encore perdu !

FIESQUE (à Samuel).

Eh! te voilà, vieux mécréant ! Que viens-tu faire au Louvre, Samuel?

SAMUEL MONTALTO (bas).

Vendre et acheter, si j'en trouve l'occasion. Mais, mon gentilhomme, ne me nommez pas Samuel ici, je

(1) Ces mots : droite et gauche de la scène doivent s'entendre de la droite et la gauche des acteurs.

1

vous prie. J'ai pris un nom de chrétien ; je m'appelle
Montalto à Paris.

FIESQUE.

Est-ce que tu fais toujours de la fausse monnaie,
l'ami ? Serais-tu toujours alchimiste, nécromancien, et
physicien dans ton vieux laboratoire ? Ou as-tu peur
d'être pendu seulement comme usurier ?

SAMUEL.

Usurier ! je ne le suis plus : je prête gratis à présent.

FIESQUE.

Si tu prêtes gratis, tu fais bien de venir au jeu ce soir ;
tu trouveras des amis à obliger. Pour moi, je ne te de-
manderai qu'un conseil. (*Il le tire à part, à droite de la
scène.*) Regarde ce Corse au teint jaune, à la moustache
noire, à l'œil sombre.

SAMUEL.

C'est Michaël Borgia.

FIESQUE.

Lui-même. On dit qu'il cache, dans un coin de Paris,
la plus jolie fille dont le soleil d'Italie ait jamais cuivré
les joues.

SAMUEL (à part).

Bon ! en voilà déjà deux qui savent qu'elle est ici. Le
maréchal d'Ancre a voulu me l'acheter hier. (*Haut.*)
Monsieur de Fiesque, je ne voudrais pas, pour mille pis-
toles, répéter ce que vous venez de dire. Borgia est jaloux
et violent. Jamais le grand Salomon n'eut autant de
portes et de rideaux que ce Corse silencieux, pour cacher
sa Sunamite aux yeux noirs. Je vois cette femme tous les
jours, moi ; mais c'est parce que je suis vieux.

FIESQUE.

Et moi aussi, moi qui suis jeune, pardieu ! je l'ai vue, et j'en suis épris, Samuel. Je sais où elle demeure.

SAMUEL.

Chut ! Vous me feriez poignarder par lui. Où croyez-vous donc qu'elle demeure ?

FIESQUE.

Chez toi, mécréant ! Et le maréchal d'Ancre rôdait avec moi le jour où je la vis.

SAMUEL.

Mais taisez-vous donc : Borgia vous a entendu.

THÉMINES.

Eh bien ! mettez-vous au jeu, monsieur de Borgia ?

BORGIA.

Non, Monsieur, non.

THÉMINES.

Vous êtes distrait ?

BORGIA.

Oui.

THÉMINES (à l'un de ses fils, vers lequel il se penche en arrière du trictrac).

Ce n'est pas peu de chose que de mettre la main sur un prince du sang ; mais il me faut de l'argent. Suivez bien le coup, mon fils ; et, si je perds, allez dire à M. de Bassompierre qu'il peut compter sur moi. Que mettez-vous au jeu, Borgia ?

BOGIA.

Rien. Je ne joue jamais.

THÉMINES.

C'est mal. Il faut que les jeunes gens aiment le jeu
pour se mettre bien en cour ici. Allons ! Monglat a mis
au jeu cinq mille ducats. Allons !

BORGIA (Il passe du côté de Samuel avec méfiance).

J'ai jeté d'autres dés.

MONGLAT (à demi-voix à Thémines).

Eh ! monsieur de Thémines, ne comptons par sur un
pauvre Corse pour le jeu. C'est encore un de ces Italiens que Concini nous a amenés et qui n'ont que la
cape et l'épée.

FIESQUE (poursuit, frappant sur l'épaule de Samuel).

Samuel mon ami, il faut que je la voie demain.

BORGIA (tournant autour d'eux.)

De quoi lui parle-t-il ?

FIESQUE.

Et tu me garderas le secret ?

SAMUEL.

Ma mémoire en est pleine, et fermée comme mon
coffre-fort. Tout peut y entrer et y tenir, mais rien n'en
sort. Je garderai donc votre secret ; mais vous ne la
verrez pas.

BORGIA (Il s'approche pour entendre).

Depuis un mois à Paris, suis-je déjà épié par ces ru-
sés jeunes gens ?

SAMUEL.

Vous croyez l'aimer ?

FIESQUE.

J'en suis, parbleu, bien sûr !

BORGIA (à Samuel très-bas.)

Si tu lui réponds, tu es mort. (*Il se retire.*)

FIESQUE. (n'ayant rien remarqué.)

Tu commenceras par prendre pour elle ce beau diamant monté autrefois par Benvenuto Cellini. (*Samuel
prend le diamant, fait signe qu'il consent, et s'éloigne.*)

FIESQUE (les suivant.)

Ensuite, tu m'attendras à ton cinquième étage....
(*Samuel se retire encore.*) Et puis tu lui feras la leçon...
Mais réponds donc. (*Samuel lui fait un signe de silence en
mettant la main sur la bouche, et sort.*) Mais prends bien
garde que madame la maréchale n'en apprenne rien ; je
suis trop en faveur à présent pour risquer de me brouil-
ler avec elle ; entends-tu bien ? — Elle a des espions ;
les connais-tu ? (*Samuel se retire en faisant signe qu'il
les connaît.*) Eh ! bien ! coquin ! répondras-tu ?
(*Samuel s'évade, et Borgia se trouve nez - à - nez avec
Fiesque.*)

BORGIA.

Je vous répondrai, moi, Monsieur.

FIESQUE.

A quelle question, Monsieur ?

BORGIA.

A toutes, Monsieur.

FIESQUE.

Eh bien ! voyons pour votre propre compte. Qui
êtes-vous ?

BORGIA.

Ce que je vous souhaite d'être : un homme.

FIESQUE.

Homme, soit; mais gentilhomme; tout au plus.

BORGIA.

Noble comme le roi. J'ai mes preuves.

FIESQUE (lui tournant le dos).

Ma foi ! il faut que je les voie avant de croiser le fer.
N'êtes-vous pas un des serviteurs à mille francs du Maréchal ? Quelle est votre place parmi ses amis ? la dernière ?

BORGIA.

La première parmi ses ennemis et les vôtres.

FIESQUE.

Eh bien ! soit. Je vous verrai mieux demain. J'ai assez
du son de votre voix.

BORGIA.

Demain c'est trop tard. Sortons tous deux.

FIESQUE.

Écoutez. Vous arrivez à la cour d'aujourd'hui ? Je
le veux bien : ce sera un bon début, qui vous fera honneur. Mais je veux parler un peu, pour ne pas sortir
sur le champ. Ensuite je suis à vous... malgré la pluie.
Ne nous faisons pas remarquer; c'est ridicule. Attendons
qu'on entre pour sortir.

MONGLAT (à Fiesque).

Voilà un beau coup. Je bats votre coin et je marque
six points. (*En se renversant du trictrac où il joue.*) Eh
bien ! Fiesque, encore une affaire, demain ?

FIESQUE.

Ah ! celle-là ne vaut pas qu'on en parle... (*Il va
suivre le jeu de Monglat, en s'appuyant sur sa chaise.*)

MONGLAT.

Vas-tu seul ? — Bezet ?

FIESQUE.

Seul. — Marque donc deux points. — Oh ! quel temps il fait ! — M. le Prince vient-il ce soir au Louvre ?

MONGLAT.

Il va venir. J'ai gagné le point.

THÉMINES.

M. le Prince va venir. J'ai perdu. (*A son fils placé derrière lui.*) Allez dire à M. Bassompierre que madame la Maréchale peut me regarder comme son serviteur. (*Il se lève ; les gentilshommes se groupent autour de lui.*) Deux mots à vous tous, messieurs de l'aiguillette rouge et noire. Nous sommes ici plus de gentilshommes qu'il n'en faut pour un coup de main ; et je crois qu'aujourd'hui la marquise d'Ancre décidera la reine à une entreprise très-hardie. Nous avons là deux compagnies des gardes françaises et les Suisses du faubourg Saint-Honoré.

CRÉQUI.

Ma foi ! je suis tout à vous, marquis ; et je serai ravi de voir comment se comportera mon frère aîné qui est tout aux Condés. Quand faudra-t-il croiser l'épée ?

THÉMINES.

Quand je mettrai la main sur la mienne ; et cela ne m'arrivera qu'après l'ordre de la reine : vous le savez, monsieur de Monglat ?

MONGLAT.

Je sais aussi qu'elle ne le donnera pas qu'elle n'ait

reçu ses ordres elle-même, de madame la maréchale
d'Ancre.

CRÉQUI.

Savez-vous que la tête de cette femme est la plus
forte du royaume ?

FIESQUE.

Mais... oui, oui... nous le savons !

MONGLAT.

Et peut-être son cœur...

THÉMINES.

Oh ! quant à cela, elle est brave comme un homme,
mais elle n'a pas l'âme tendre d'une femme, elle est in-
capable de ce que nous nommons belle passion.

CRÉQUI.

Eh ! Fiesque, qu'en dis-tu ?

FIESQUE.

Parbleu ! ne fais pas l'esprit pénétrant, Créqui. Je
suis bien aise de pouvoir le déclarer ici, devant tout le
monde : il n'est point vrai qu'elle m'ait aimé. Je ne
prendrai pas des airs d'important, et j'avoue que je lui
ai fait la cour pendant six longs mois. Vous m'avez tous
cru plus heureux que je n'étais, car je fus seulement le
moins mal reçu. Par exemple, j'y ai gagné de l'avoir
pour amie, et de la connaître mieux que personne. Très-
heureux de m'être rétiré sans trop de honte comme
Beaufort, sans gaucherie comme Coigny, et sans bruit
et disgrâce comme Lachesnaye.

MONGLAT.

Il est de fait que nous la voyons mal, messieurs, et de
trop loin.

FIESQUE.

Eh! franchement, qu'en pensez-vous, vous Monglat?

MONGLAT.

Je la crois supertitieuse et faible, car elle consulte les cartes.

FIESQUE.

Et vous, Créqui?

CRÉQUI.

Moi! je la crois presque fée; car elle a fait de Concini un marquis, d'un fils de notaire un premier gentilhomme, d'un homme qui ne savait pas se tenir à cheval un grand écuyer, d'un poltron un maréchal de France, et de nous, qui n'aimons guères cet homme, ses partisans.

FIESQUE.

Et vous, D'Anville?

D'ANVILLE.

Moi, je la crois bonne et généreuse, et je crois que, si les femmes de la cour la détestent, c'est parce qu'elle était une femme de rien. Si elle était née Montmorency, elles lui trouveraient toutes les qualités qu'elles refusent à Léonora Galigaï.

FIESQUE.

Et vous, monsieur de Thémines?

THÉMINES.

Puisque, avant de nous dire votre avis, vous voulez le nôtre, je m'avoue de l'opinion de D'Anville. Un pays entier, le nôtre surtout, est sujet à se tromper dans ses jugemens, lorsque le pouvoir élève un personnage sur son piédestal chancelant. Le pouvoir est toujours détesté;

et la haine qu'on a pour l'habit, cet habit la communique comme une peste à l'homme qui le porte. Qu'il soit ce qu'il voudra ou pourra être de bon, n'importe : il est puissant ? il gêne, il pèse sur toutes les têtes, il fatigue tous les yeux.... La Galigaï était femme de la reine, la Galigaï est marquise, la Galigaï est maréchale de France : c'est assez pour qu'on la dise méchante, mensongère, ambitieuse, avare, orgueilleuse et cruelle. Moi, je la crois bonne, sincère, modérée, généreuse, modeste et bienfaisante ; quoique ce ne soit, après tout, qu'une parvenue.

FIESQUE.

Parvenue, si l'on veut ; elle est parvenue bien haut, et l'on ne fait pas de si grandes choses sans avoir de la grandeur en soi. Un esprit commun n'arriverait pas là. Ne vous étonnez pas de son indifférence ; en vérité, cela vient de ce qu'elle n'a rien rencontré de digne d'elle. Son regard triste et sa bouche dédaigneuse nous le disent assez.

BORGIA (à part, sombre et écoutant avec avidité.)

Dis-tu vrai, léger Français ? dis-tu vrai ?

FIESQUE.

De vous tous qui portez ses couleurs, Messieurs, et de tous les gentilshommes de la cour, il n'y en a pas un qu'elle ne connaisse et n'ait jugé en moins de temps qu'il n'en met à composer son visage et à friser sa moustache et sa barbe. Son coup d'œil est sûr, ses idées sont nettes et précises ; mais malgré son air imposant, je l'ai souvent surprise ensevelie dans une tristesse douce et tendre qui lui allait fort bien. Lequel de vous s'est imaginé qu'elle fût déjà morte pour l'amour ? Celui-là s'est

bien trompé.... Moi, je ne suis pas suspect; car, foi
d'honnête homme ! j'ai été long-temps à ne pas croire
au cœur; mais elle en a un, et un cœur de veuve, affligé, souffrant et tout prêt à s'attendrir... Ce qui prouve
le plus en sa faveur, c'est que son mari l'ennuie prodi-
gieusement. Elle le traîne à sa suite avec son ambition ,
ses honneurs et tout son fatras de dignités, comme elle
traîne péniblement la queue de ses longues robes dorées.
Oh! moi, c'est une femme que j'aurais bien aimée; mais
elle n'a pas voulu. Depuis ce temps-là, je ne suis plus à
la cour qu'un observateur : j'ai quitté le champ clos, je
regarde les combats galans, et je compte les blessés. Elle
en fait partie.

TOUS.

Qui donc aime-t-elle ? nommez-le !

BORGIA (à part.)

Effronté jeune homme ! tu lui ôtes son voile !

FIESQUE.

Ah! messieurs, quel dommage quelle n'aime aucun
de nous ! ce serait bien la plus fidèle maîtresse et la plus
passionnée du monde. Sa grandeur l'attriste et ne l'é-
blouit pas du tout. Elle aime à se retirer pour penser.

BORGIA (à part).

Plut à Dieu ! plut à Dieu !

FIESQUE.

Mais nul de nous ne lui tournera la tête; j'y met-
trais en gage tout mon sang et mes os qui sont encore à
moi, et dans cent ans appartiendront à tout le monde. Pour
moi, j'y renonce, et laisse la place. En trois tête-à-tête
je me suis effrayé de mon néant. On ne plaît pas à ces

femmes-là, voyez-vous? par des sérénades et des prome-
nades, des billets et des ballets, des complimens et des
diamans, des cornets et des sonnets; tout cela doucé-
reux, langoureux, amoureux, et rimant deux à deux,
selon la ridicule mode des faiseurs de vers, dont elle fait
des gorges chaudes. Ce n'est pas non plus par grands
coups de hardiesse et de bras, coups de dague et d'estoc
et de stylet, coups de tête folle et de cerveau diabolique
à se jeter à l'eau pour ramasser un gant, à tuer un cheval de mille ducats parce qu'il ne s'arrête pas en la voyant,
à se poignarder ou à peu près si elle boude, à provoquer
tous ceux qui la regardent en face... Non, non, non,
cent fois non. Elle a autour d'elle tous les galans che-
valiers qui savent ce manége.

MONGLAT.

Vous allez voir qu'il lui faut un diseur de bonne aventure.

CRÉQUI.

Qui cherche avec elle dans le tarot la carte du soleil (1)
et le victorieux valet de cœur.

FIESQUE.

Non. Il faut à cette sorte de femme un de ces traits
héroïques ou l'une de ces grandes actions de dévoue-
ment qui sont pour elle comme un philtre amoureux,
portant en lui plus de substances enivrantes et délirantes
qu'une longue fidélité n'en peut infuser dans un débile
cerveau féminin. Faute de quoi,!... messieurs! ne vous
déplaise... (il salue en riant) elle aime tout bonnement...
son mari.

(1) C'est le neuf de cœur dans le tarot.

TOUS (riant.)

Bah ! bah ! Ah ! ah !

BORGIA (à part.)

Que le premier venu ait le droit de la regarder en face et de parler d'elle ainsi ! n'est-ce pas de quoi indigner ?

THÉMINES.

Trève de raillerie, messieurs; toujours est-il que nous portons ses couleurs et la servirons à qui mieux mieux, en bons amis, sinon en amans. Mais voyons sainement la situation politique de la maréchale d'Ancre. La reine-mère est bien reine, et gouvernée par la maréchale; mais le roi Louis sera bientôt Louis XIII, il a seize ans passés, sa majorité approche. M. de Luynes le presse de s'affranchir de sa mère. Le jeune Louis est doux, mais rusé; il déteste l'insolent maréchal d'Ancre; au premier jour il le jettera par terre. Le maréchal a été si loin en affaires, que la guerre civile est allumée par tout le royaume à présent. Le peuple le hait pour cela et il a raison; le peuple aime le prince de Condé qui est devenu, vous en conviendrez bien, le seul chef des mécontens; il vient hardiment à la cour, et Paris est à lui tout-à-fait. Je vois donc la maréchale placée entre le peuple et le jeune roi. Rude position, dont elle aura peine à se tirer. Je dis la maréchale, car elle est, ma foi ! bien la reine de la régente Marie de Médicis. Or je ne lui vois qu'un parti à prendre, et le bruit court fort qu'elle le prendra. N'allez pas vous récrier ! C'est celui d'arrêter le prince de Condé !

TOUS.

Quoi ! M. le Prince ? le premier prince du sang ?

THÉMINES.

Lui-même; car sans cela elle est écrasée, ainsi que la reine-mère, entre le parti du roi et du celui peuple.

MONTGLAT.

Sans cela, monsieur? dites à cause de cela. C'est un mauvais conseil à lui donner.

FIESQUE.

Non, le conseil est bon.

CRÉQUIS.

C'est le pire de tous.

D'ANVILLE.

Elle n'a pas d'autre parti à prendre.

Tous les gentilshommes se querellant.

Non, vous dis-je. — Si fait. — C'est une folie. — C'est le plus prudent. — Vous êtes trop jeune. — Vous trop vieux.

THÉMINES.

Silence, messieurs! Voici la maréchale qui sort de chez la reine avec son mari, plus gonflé de sa faveur que je ne le vis jamais. Eloignons-nous un peu, et n'ayons pas l'air de les observer : vous savez qu'elle n'aime pas cela. Elle marche bien vite; elle a l'air bien préoccupée.

(*Les gentilshommes s'éloignent, et se groupent au fond du théâtre; quelques-uns se mettent au jeu de trictrac.*)

SCÈNE II.

Les Précédens, CONCINI, LA MARÉCHALE D'ANCRE ;
suite.

(*Deux pages portent la queue de sa robe; ils ont l'aiguillette rouge et noire et l'habit rouge et noir , livrée de
Concini.*)

BORGIA.

Ah! la voilà donc... Je la revois enfin après un temps
si long !

FIESQUE.

Sortons à présent : l'entrée de la Maréchale nous ca-
chera.

BORGIA.

Un moment! oh! un moment! La voilà! elle approche ! Comment l'absence et l'infidélité ne dé-
truisent-elles pas la beauté ? c'est une chose injuste !

FIESQUE.

Venez vite : la pluie a cessé, et je n'ai pas envie de
me faire mouiller pour vous, si elle tombe encore.

BORGIA.

Pourquoi pas ? l'eau lavera votre sang.

FIESQUE.

Ou le vôtre, beau sire : nous l'allons voir.

BORGIA.

Allons donc, et que je revienne sur-le-champ.

FIESQUE.

Qui vivra, reviendra. Venez.

(Ils sortent en se prenant sous le bras.)

SCÈNE III.

LES MÊMES, excepté FIESQUE ET BORGIA.

LA MARÉCHALE (à quelques gentilshommes qui se sont levés.)

Ah! messieurs, ne vous levez pas, ne quittez pas le jeu; une distraction peut faire que le sort change de côté. J'ai, d'ailleurs, à parler encore à monsieur le maréchal d'Ancre. (*Elle le prend à part dans une embrasure de la fenêtre sur le devant de la scène.*)
Je vous en prie, ne partez pas aujourd'hui.

CONCINI.

Il faut que j'aille en Picardie d'abord, et ensuite à mon gouvernement de Normandie, Léonora, et je vous laisse près de la reine pour achever les mécontens. Vous êtes toujours aussi puissante sur la reine-mère. Elle n'oublie pas que je la fis régente de France par mes bons conseils.

LA MARÉCHALE.

Non, elle ne l'oublie pas. Parlez. (*A part.*) Encore de l'ambition!

CONCINI.

Je voudrais acheter au duc de Wittemberg la souveraineté du comté de Montbelliard; ne pourriez-vous en dire un mot à la reine?

LA MARÉCHALE (avec douceur).

Encore cette prétention? Ne nous arrêterons-nous pas?

CONCINI (lui prenant la main).

Oui. Encore celle-ci, Léonora...

LA MARÉCHALE.

N'a-t-elle pas fait assez, Monsieur ? vous êtes son premier écuyer, premier gentilhomme de la chambre, maréchal de France, marquis d'Ancre, vicomte de La Pene et baron de Lusigny. (*Très-bas.*) N'est-ce pas assez pour Concini ?

CONCINI.

Non ; encore ceci, Léonora ; fais encore ceci pour moi.

LA MARÉCHALE.

La reine se lassera. M. de Luynes anime chaque jour le jeune roi contre nous ; prenez garde, prenez garde.

CONCINI.

Fais encore ceci pour nos enfans.

LA MARÉCHALE (tout à coup).

Je le veux bien. Mais les bagatelles vous occupent plus que les grandes choses. Ah ! monsieur ! les Français ont en haine les parvenus étrangers. Occupez-vous des intrigues des mécontens : moi, je ne puis les suivre ; je passe ma vie avec la reine-mère, ma bonne maîtresse. C'est à vous qu'il appartient de savoir ce qui se passe au dehors et de m'en instruire.

CONCINI.

Ils n'oseront rien contre moi : je les surveille. Ne vous occupez pas d'eux et faites seulement près de la reine ce que je vous demande.

LA MARÉCHALE.

En vérité, monsieur, tout est contre nous aujourd'hui, sur la terre et dans le ciel.

CONCINI.

Etes-vous encore superstitieuse comme dans votre

enfance, Léonora? Iriez-vous encore consulter la fiole
de saint Janvier?

LA MARÉCHALE, (avec un peu d'embarras).

Peut-être. Pourquoi non? J'ai tiré trois fois les cartes,
qui annoncent un retour inquiétant. Il y a des signes,
monsieur, que les meilleurs chrétiens ne peuvent révo-
quer en doute et qui ne sont pas contre la foi. C'est aujourd'hui le treizième du mois, et j'ai vu, depuis que
je suis levée, bien des présages d'assez mauvais augure.
Je ne m'en laisserai pas intimider; mais je pense qu'il
vaut mieux ne rien entreprendre aujourd'hui.

CONCINI.

Et, pourtant, il faut arrêter le prince de Condé, qui
va venir au Louvre. Demain il pourrait être trop tard;
je serai parti; vous serez seule à Paris. Les mécontens
sont bien forts; Mayenne brûle la Picardie, Bouillon
fortifie Sedan, et Paris s'inquiète.

LA MARÉCHALE.

Oui; mais si nous attaquons le prince de Condé, le
peuple l'en aimera mieux.

CONCINI.

Il faut le faire arrêter.

LA MARÉCHALE.

Un autre jour.

CONCINI.

Il faut obtenir du moins un ordre positif.

LA MARÉCHALE.

De la reine?

CONCINI.

Oui, de la reine.

LA MARÉCHALE (montrant un parchemin).

Le voici : j'ai d'avance tout pouvoir pour vous et pour moi.

CONCINI.

Eh bien ! tenez, c'est un coup bien hardi ; mais il peut nous sauver.

LA MARÉCHALE,

Hélas ! hélas !

CONCINI.

Quel chagrin vous faire soupirer ?

LA MARÉCHALE.

L'Italie, l'Italie, la paix, le repos, Florence, l'obscurité, l'oubli.

CONCINI.

Au milieu de nos grandeurs, dire cela !

LA MARÉCHALE.

Et me charger d'une telle entreprise ! aujourd'hui vendredi, le jour de la mort du roi et de la mort de Dieu !

CONCINI.

Encore cela, pour assurer la grandeur future de nos enfans.

LA MARÉCHALE.

Ah ! pour eux, pour eux seuls, risquons tout, je le veux bien. Mon Dieu ! la reine elle-même perd de son autorité ; on l'envahit de toutes parts. Il me semble quelquefois qu'on se lasse de nous en France.

CONCINI.

Non. Je vois tout mieux que vous, au dehors. Vous faites trop de bien dans Paris ; vos profusions trahissent nos richesses, et feraient croire que nous avons peur.

LA MARÉCHALE.

Il y a tant de malheureux !

CONCINI.

Vous les rendrez heureux quand les mécontens seront arrêtés.

LA MARÉCHALE.

Eh bien ! donc , partez dès ce moment même, et laissez-moi agir. Je vais tout voir de près et me faire homme aujourd'hui. Ceci du moins est grand et digne de nous. Mais plus de petites demandes, de petits fiefs, de petites principautés... Promettez-le-moi... Vous êtes assez riche... Plus de tout cela... c'est ignoble.
(*En ce moment un gentilhomme remet un papier à Concini avec mystère.*)

CONCINI.

Ce sera la dernière fois... je vous le promets... Vous voilà brave à présent, je vous reconnais : et vous hésitiez tout-à-l'heure ?

LA MARÉCHALE.

C'était Léonora Galigaï qui tremblait : la maréchale d'Ancre n'hésitera jamais.

CONCINI.

Je vous reconnais : votre tête est forte, mon amie.

LA MARÉCHALE.

Et mon cœur faible. Je suis mère , et c'est par là que les femmes sont craintives ou héroïques , inférieures ou supérieures à vous. — Dites une fois votre volonté, Concini ; cette fois seulement. Sera-ce aujourd'hui ?

CONCINI.

Je ne déciderai rien : faites-le arrêter , ou laissez-lui

quitter Paris; je m'en rapporte à vous et serai content, quelque chose que vous fassiez.

LA MARÉCHALE.

Allez donc, et quittons-nous, puisqu'en ce malheureux royaume je suis toujours condamnée à vouloir.

CONCINI (allant vers M. de Thémines).

M. de Thémines et vous tous, messieurs, je vous dis adieu pour huit jours, et vous recommande madame la maréchale d'Ancre. (*Revenant à la Maréchale.*) Est-il vrai que Michaël Borgia soit revenu de Florence ?

LA MARÉCHALE (portant la main à son cœur).

(*A part.*) Je sentais cela, ici. (*Haut.*) Je ne l'avais pas ouï dire, mais je n'en serais pas surprise. Que vous importe ?

CONCINI.

Un ennemi mortel et un ennemi corse.

LA MARÉCHALE.

Que vous importe? s'il vous hait, vous êtes maréchal de France.

CONCINI.

Mais nous étions rivaux; avant votre mariage il vous aimait.

LA MARÉCHALE (avec orgueil).

Que vous importe? S'il m'aime, je suis la marquise d'Ancre.

CONCINI (lui baisant la main).

Oui, oui! et une noble et sévère épouse. Adieu !

LA MARÉCHALE (à part, et se détournant tandis qu'il baise sa main.)

Mais bien affligée. Adieu! (*A part.*) Quel départ et quel retour! Ma destinée devient douteuse et sombre.

(En passant, changeant tout à coup de visage, et parlant avec gaieté et confiance à Thémines.)

Monsieur de Thémines, Bassompierre et monsieur votre fils prétendent que je dois compter sur vous; je vais revenir au Louvre tout-à-l'heure, et vous dire ce qu'il est bon de faire pour le service de Sa Majesté.

(Les deux pages prennent le bas de sa robe.)

THÉMINES (en saluant profondément.)

Je vous obéirai comme à elle-même, madame.

(Elle sort avec Concini.)

SCÈNE IV.

LES MÊMES, excepté LA MARÉCHALE et CONCINI. MONT-GLAT entre.

THÉMINES.

C'est vraiment une femme admirable. Tenons-nous sur nos gardes, messieurs, sans avoir l'air d'y penser, et remettons-nous au jeu. Mais où diantre est donc allé Fiesque?

MONTGLAT (arrivant).

Pardieu! je me suis beaucoup diverti à le suivre. Il s'est pris de querelle avec le Corse sauvage auquel vous parliez tout à l'heure, et comme je craignais un peu le stylet du pays et la *vindetta*, je les ai regardés faire. L'homme s'est, ma foi, battu comme nous; tout en glissant sur le pavé dans un coin de rue, Fiesque a reçu une égratignure au bras, et revient en riant comme un fou, et l'autre triste comme un mort. Les voilà qui montent l'escalier du Louvre.

THÉMINES.

Il convient, messieurs, de n'y pas faire attention. Jetez les dés, et fermons les yeux sur leur petite affaire, comme chacun de nous désirerait que l'on fît pour lui. La reine n'aime pas les duels.

CRÉQUI.

Nous ne la servons guère selon son goût.

MONTGLAT.

Je suis tout disposé à ne point parler à ce nouveau venu de Florence. Nous en avons assez ici depuis quelque temps, de ces basanés, dont la cour est infestée par les Médicis.

SCÈNE V.

LES PRÉCÉDENS, BORGIA et FIESQUE entrent, et se promènent un moment ensemble.

FIESQUE (lui frappant sur l'épaule.)

Ma foi, Michaël di Borgia, pour un Corse, vous êtes un brave garçon de ne m'avoir fait qu'une boutonnière à la manche de mon habit.

BORGIA (froid et distrait).

C'est bon ! n'en parlons plus, monsieur ; et quittons-nous.

FIESQUE (le suivant).

Je vous suis, parbleu ! tout dévoué, car j'avais glissé dans la boue et j'étais tout découvert de l'épée.

BORGIA.

Cela se peut. Quittez-moi, s'il vous plaît.

(*Il s'éloigne.*)

FIESQUE.

Je vous promets, foi de gentilhomme! de ne pas chercher à voir votre femme, ou sœur, ou maîtresse, je ne sais.

BORGIA (les bras croisés, frappant de sa main sur son coude).

C'est bien! mais quittez-moi.

FIESQUE.

Non, jamais! Et tout Italien que vous êtes, je vous aime beaucoup, parce que vous haïssez Concini. Si je le sers, c'est par amour pour sa femme.

BORGIA (sombre).

Par amour!

FIESQUE.

Et vous l'aimeriez peut-être aussi, mon ami, si vous la connaissiez.

BORGIA (frappant du pied).

Quittez-moi! ou recommençons l'affaire.

FIESQUE.

Pardieu! non, mon brave. Je te dis que je t'aime; et si tu veux dégaîner, l'occasion va venir, car voici M. le Prince.

(*Borgia s'éloigne, et se retire avec humeur contre une colonne.*)

SCÈNE VI.

LE PRINCE DE CONDÉ et sa suite, de vingt gentilhommes, traversent la galerie du Louvre pour se rendre chez la reine-mère.

LE PRINCE DE CONDÉ regarde autour de lui avec un peu d'inquiétude en traversant la salle.

Vous avez bien du monde ici, monsieur de Thémines ?

THÉMINES (saluant profondément).

Ce n'est jamais assez pour monseigneur.

LE PRINCE DE CONDÉ.

Si tous ces gentilshommes sont mes amis, à la bonne heure; mais autrement....

THÉMINES (saluant encore plus bas).

Autrement, je dirais : ce n'est jamais assez contre monseigneur.

LE PRINCE DE CONDÉ (passant la porte, et souriant.)

Allons! allons, Thémines! vous êtes devenu courtisan, de partisan que vous étiez.

THÉMINES (saluant plus bas).

Toujours le vôtre, monseigneur.

BORGIA (à part, entre les dents).

Un baiser, Judas ! un baiser !

SCÈNE VII.

Les Précédens, M. de LUYNES, DÉAGEANT et le garde des sceaux DUVAIR. Tous, vêtus de noir, passent, et se groupent dans un coin, MONTALTO rôde seul avec un air humble, distrait et désœuvré.

THÉMINES (à Fiesque).

Voici Luynes et les siens qui viennent nous observer.

LUYNES (à Déageant).

Mon cher conseiller! laissons tout faire devant nous. Les Condé et les Concini sont en présence, qu'ils se dévorent mutuellement; nous écraserons plus tard le vainqueur avec le nom du roi. A présent, nous sommes neutres. Elle veut m'attaquer avec des intérêts, je l'attaquerai avec des passions.

THÉMINES.

Ils sont bien gênans pour la maréchale qui vient à nous. Comment va-t-elle les recevoir?

SCÈNE VIII.

Les Précédens, LA MARÉCHALE, Suite.

DÉAGEANT, à Luynes, dans un coin de la scène.

Si elle fait arrêter le prince de Condé, elle est perdue.

Il est trop aimé du peuple de Paris, pour que cela ne
soulève pas une émeute. (*A part.*) Cependant son coup
peut réussir. Faisons-lui la cour.

(*Il va saluer bien bas la maréchale, et lui dit :*)

Madame ! voici le jour de la fermeté. Ne faiblissez pas
devant les factieux. Vous avez l'oreille de la reine, mais
il faut de la vigueur. M. de Luynes est perdu, si vous
arrêtez M. le Prince.

LA MARÉCHALE (l'observant.)

Pensez-vous cela, monsieur le conseiller? pensez-vous
cela?

DÉAGEANT.

De cœur et d'âme; madame. (*Il salue et se retirant
près de M. de Luynes. Il lui dit :*) Vous avez l'oreille du
roi, c'est beaucoup. Mais ayez de la fermeté surtout.
De la fermeté ! au nom de Dieu, de la fermeté !

LA MARÉCHALE. (Elle s'arrête en voyant Luynes, et d'un coup-
d'œil le toise lui et les siens. Puis tout à coup prend son parti
et marche droit à lui. Ses pages la quittent et restent en arrière.)

(*Avec tristesse.*) Monsieur de Luynes, le roi a mal reçu
mon mari ; que vous ai-je fait ?

LUYNES (avec hauteur).

Mais, madame, sais-je rien de ce qui se passe?

LA MARÉCHALE.

Vous me répondrez du roi, monsieur ; prenez-y garde.

LUYNES.

Le roi est mon maître et le vôtre, madame.

LA MARÉCHALE.

Et la reine est sa mère, monsieur.

LUYNES.

Sa mère est sa sujette.

LA MARÉCHALE.

Sujette?... Pas encore. (*Luynes se retire à droite de la scène, avec ses partisans, remarquables par leurs plumes blanches. Elle lui tourne le dos et va à Thémines, très-bas et tristement.*) Écoutez-moi, Thémines. M. le prince va sortir de chez la reine. J'ai à lui parler, avant tout, vous m'entendez, avant tout ! Regardez-moi bien, et si je laisse tomber ce gant, vous arrêterez M. le prince. Voici l'ordre de la reine et le brevet de maréchal de France pour vous. Je suis bien malheureuse de tout cela, mon ami, bien malheureuse...

THÉMINES.

Je suis capitaine des gardes et je sais mon devoir. Je vous obéirai aveuglément, madame, bien affligé pour vous de cette nécessité.

LA MARÉCHALE.

Des ménagemens ! du respect ! C'est le premier prince du sang.

THÉMINES.

Eh ! madame ! soyez en assurance qu'il ira à la Bastille en marchant sur des tapis. Je n'ai fait autre chose toute ma vie qu'arrêter des princes sans leur faire le moindre mal. Rassurez-vous, j'ai la main légère.

LA MARÉCHALE (en avant).

Il est donc là ! près de moi, dans la foule, ce Borgia à qui j'ai préféré Concini. C'est le seul homme qui m'ait aimée du fond du cœur, je le crois; c'est le seul que j'aie aimé jamais, et je l'ai sacrifié cruellement. Il ne s'approche pas. Est-ce parce qu'il ne l'ose pas, ou ne le veut pas ? J'aimerais mieux des reproches. Comment l'aborder ? Quel prétexte prendre pour l'encourager ? (*Aux gentilshommes, très-haut.*) Ah ! messieurs, toujours le jeu ! l'amour du jeu !

(*Elle va à leur groupe.*)

BORGIA.

Pas un regard ! Elle me voit et ne me reconnaît pas. Légèreté ! légèreté ! Le pouvoir l'enivre. Elle a tout oublié. Quand saura-t-elle que je suis marié ? Quand croira-t-elle que je suis heureux, pour qu'elle souffre à son tour ?... Bah ! elle ne sait plus mon nom ! (*A Monglat.*) Monsieur, dites-moi, je vous prie, dans quel salon est la reine ?

(*Il cause bas avec lui.*)

SCÈNE IX.

LES PRÉCÉDENS, le Prince DE CONDÉ, sortant peu accompagné. Il va à la maréchale, qui le salue profondément. Elle l'observe pour voir à sa contenance s'il est disposé à se réconcilier avec elle. Le prince voit son salut, la regarde froidement, et se tourne vers le baron de VITRY.

LE PRINCE DE CONDÉ (avec impertinence).

Dis-moi, Vitry : que diantre fait-elle ici ?

VITRY.

Elle est bien à sa place, à la porte et au corps-de-garde.

LA MARÉCHALE ôte son gant avec colère. Thémines l'observe et se prépare.

(*A part.*)J'ai là votre destinée, monsieur le Prince; elle tient à peu de chose ! Et vous me bravez. Au moment d'agir, j'ai peur. (*Le prince de Condé parle en riant et la montre au doigt.*) Ah ! faible raison ! Voyons si le sort est pour lui. (*Elle tire furtivement un jeu de cartes de sa poche.*) Ceci veut dire retard; parlons-lui. (*Elle s'avance vers le prince, et le salue encore profondément.*) Monsieur le Prince compte-t-il quitter la cour dès aujourd'hui ?

LE PRINCE DE CONDÉ (avec insolence et un grand air).

Ah ! madame la marquise de... comment donc...? de Galigaï, je crois. Je ne vous voyais, ma foi ! pas.

LA MARÉCHALE.

L'accent français est rude au nom des pauvres Italiennes, monseigneur. (*Elle regarde encore ses cartes à la dérobée.*) Succès ! succès !

(*Elle serre précipitamment son jeu, et plus libre et confiante, elle s'avance.*)

LE PRINCE DE CONDÉ.

Les noms nouveaux échappent à notre mémoire.

LA MARÉCHALE.

Comme la fortune à nos mains, monseigneur. (*Elle laisse tomber le gant de ses mains.*)

(*Aussitôt on ferme toutes les portes du Louvre. Les gentilshommes tirent leurs épées, et le capitaine des gardes, Thémines, s'avance vers le prince.*)

LE PRINCE DE CONDÉ.

Qu'est-ce à dire, messieurs ? est-ce ici le coup de Jarnac ?

THÉMINES (saluant très-bas).

Monseigneur, c'est seulement le coup du roi. Sa Majesté est avertie que vous écoutez de mauvais conseils contre son service, et m'a ordonné de m'assurer de votre personne.

LE PRINCE DE CONDÉ (mettant la main à l'épée).

N'ai-je ici aucun ami ?

THÉMINES (saluant).

Monseigneur n'a ici que d'humbles serviteurs, et j'ose lui présenter mes deux fils qui auront l'honneur de garder sa noble épée.

CONDÉ se retourne, et, se voyant entouré des gentilshommes de Concini, il remet son épée aux deux fils de Thémines, qui, tous deux, s'avancent en saluant deux fois à chaque pas qu'ils font en en avant.

La voici, monsieur. Le feu roi l'a mesurée et pesée ; il la connaissait bien ; elle est sans tache.

THÉMINES (saluant).

Et je remercie monsieur le Prince de ne m'avoir pas
exposé à tacher la mienne.

BORGIA (à part).

En Corse, c'est le coup de stylet; ici le coup de chapeau.

VITRY ouvre à plusieurs gentilshommes qui sortent de chez la
reine l'épée à la main.

Vive M. le Prince !

LES GENTILSHOMMES DE CONCINI.

Vive le maréchal d'Ancre !

THÉMINES (allant aux gentilshommes de Condé).

Au nom de la reine, messieurs, bas les armes !

(*Il déploie l'ordre de la reine. Tous remettent l'épée au
fourreau, et le prince de Condé, haussant les épaules, suit
les deux fils de Thémines. Tandis que le groupe des gentilshommes du prince croise l'épée, la maréchale, effrayée,
court derrière Borgia, se mettre à l'abri ; il tire un poignard de la main gauche, et de la droite il prend la
main de la maréchale. Les gens de Condé se rendent sur-
le-champ.*)

THÉMINES.

Ne craignez plus rien, madame; ces messieurs enten-
dent raison, et votre coup d'état a réussi.

BORGIA se retourne lentement. Lui et la maréchale se regardent
en souriant.

Eh bien ! Léonora, est-ce vous ?

LA MARÉCHALE (confuse de se trouver la main dans celle de Borgia).

Ah! Michaël, venez me voir demain.

(*Plusieurs des courtisans viennent saluer Borgia, voyant que la maréchale lui a parlé.*)

FIN DU PREMIER ACTE.

3

ACTE II.

Le laboratoire du juif Samuel. — Le juif est assis à sa table et compte des pièces d'or. Isabella joue de la guitare en regardant à la fenêtre, d'où l'on voit les murs d'une église et des toits de Paris.

SCÈNE I.

SAMUEL, ISABELLA.

SAMUEL.

Dix mille florins de monsieur le Prince. Dix mille de Concini. Dix mille de monsieur de Luynes. Les trois partis m'ont donné juste autant l'un que l'autre et m'ont autant maltraité. Il est impossible que je me décide pour aucun des trois, en conscience... Vingt-trois... trente-six...

ISABELLA (fredonnant à la fenêtre).

Michaelo mio, mio Michaelo, o,o,o,o.

SAMUEL.

Dame Isabella, vous m'empêchez de compter.

ISABELLA (sans se retourner).

Signor Samuel, vous m'empêchez de chanter.
(*Elle fait plus de bruit avec sa guitare.*)

SAMUEL.

M. de Borgia ne veut pas que vous sortiez de votre chambre.

ISABELLA (avec vivacité).

Moi, j'aime cette fenêtre. Je ne vois de ma chambre que des cheminées noires et des toits rouges.

SAMUEL.

Et par celle-ci, des manteaux rouges et des chapeaux noirs, n'est-ce pas? (*Isabella se lève tout à coup et va vers lui, faisant un geste menaçant de sa guitare. Le juif met ses deux mains devant son visage, de peur d'être battu.*) Ah! ne vous emportez pas comme vous faites toujours.

ISABELLA (immobile, lui parlant vite en le regardant fixément).

M'as-tu vu sortir depuis six mois une seule fois?

SAMUEL.

Non, non, pas une seule fois.

ISABELLA.

Sais-je le nom d'une seule rue de Paris, même de la tienne où je suis enfermée?

SAMUEL.

Non, vous ne le savez pas.

ISABELLA.

M'as-tu vue par cette fenêtre recevoir ou jeter un seul billet?

SAMUEL.

Pas un seul. (*A part.*) Elle est si haute, la fenêtre!

ISABELLA.

M'as-tu vu sourire à un homme, seulement des yeux?

SAMUEL.

Jamais, jamais.

ISABELLA.

Fais-je autre chose qu'attendre, et attendre encore?

SAMUEL.

C'est vrai! c'est vrai!

ISABELLA.

Ai-je un autre nom à la mémoire et sur la bouche que celui de Michaël? dis.

SAMUEL.

Pas un autre nom.

ISABELLA.

M'as-tu entendu me plaindre de lui?

SAMUEL.

Jamais, signora, jamais.

ISABELLA.

Eh bien donc! juif, je te jure par celui que tes pareils ont fait mourir et n'ont pas empêché de ressusciter, que si tu te plains de moi à Michaël je te ferai savoir ce que c'est qu'une femme d'Aïacio.

SAMUEL.

Ce ne sont là que des bagatelles; une fenêtre, un sa-lut : plaisanteries.

ISABELLA.

Pauvre juif, tu ne connais ni lui ni moi; le plus léger

reproche de lui peut me faire mourir, et pour la moindre faute il me tuerait.

SAMUEL.

Vous croyez?

ISABELLA.

J'en suis sûre , j'en suis fière , et j'en ferais autant. (*On frappe.*) Adieu. Je vais dans ma chambre , parce que je le veux , mais non parce que tu me le dis.
(*Elle entre dans sa chambre.*)

SAMUEL.

Cette méchante race italienne me rendra fou si elle ne me fait pendre.

SCÈNE II.

SAMUEL , PICARD , serrurier.

PICARD.

Bonjour, juif.

SAMUEL (lui tendant la main).

Bonjour , maître Picard.

PICARD (mettant les mains derrière son dos).

Pas de mains , pas de mains; je suis chrétien , et bon chrétien , je m'en flatte.

SAMUEL.

Ah ! c'est bon ! c'est bon ! je ne veux pas vous humilier , vous abaisser jusqu'à moi , maître Picard.

PICARD.

Je ne dis pas que je me trouve humilié de vous donner la main ; mais moi je ne suis pas comme nos grands seigneurs sans religion, je ne vous donnerai pas la main.

SAMUEL.

Et que voulez-vous de moi aujourd'hui, maître Picard qui ne me donnez pas la main ?

PICARD.

Je voudrais savoir si notre ami M. de Borgia, ce gentilhomme qui demeure ici, ne viendra pas bientôt.

SAMUEL.

Devait-il venir sitôt ?

PICARD.

Il devait m'attendre ; mais il a oublié l'heure.

SAMUEL.

Quelle heure ?

PICARD.

N'importe, nous irons sans lui.

SAMUEL.

Où ?

PICARD.

A une œuvre qu'il sait ; ne vous a-t-il pas parlé d'Isaac ?

SAMUEL (lui imposant silence).

Ah !... Taisez-vous... Allez-y sur-le-champ... Il demeure dans la première maison du Pont-au-Change. Il a six mille piques de la ligue dans ses caves... Allez... voici mon billet pour lui.

PICARD.

Juif, cela ne me suffit pas. Il faut que tu me répondes
du Corse.

SAMUEL.

Je n'en puis répondre; je le connais à peine. Et je ne
sais d'où vous le connaissez. Il loge ici depuis un mois,
et vient de Florence avec sa femme.

PICARD.

Voilà ce qui m'est arrivé, et comment je le connais.
Je montais ma garde bourgeoise avec mes ouvriers ser-
ruriers à la porte Bussy. Je parlais à M. le prevôt des
marchands et à MM. les échevins, qui me connaissent
bien et depuis long-temps. — Je lui dis (c'est à M. le prevôt); je lui dis : Soyez tranquille. Parce que, voyez-vous,
il m'avait dit avant : Faites bonne garde; on en veut à
M. le Prince; les Italiens sont enragés; ce Concini perdra
le roi et le royaume. Je lui réponds : Je le crois comme
vous, monsieur le Prevôt. Lui, il soupire; car c'est un brave
homme, voyez-vous, et non pas un juif comme Concini.
Ce que je dis, ce n'est pas pour vous affliger; mais à
Paris nous disons cela des voleurs. Je lui réponds : Je le
crois comme vous. Comme je disais cela, passe un carrosse. Je le vois venir avec des écuyers et huit chevaux, et
huit de relai courant derrière, et la livrée zinzolin (1)
jaune et noire. Je dis aux bourgeois et aux ouvriers : Mes

(1) En attendant les autres documens historiques dont j'ai parlé,
je me contenterai d'ajouter à cette édition, rapidement imprimée
pour les théâtres, quelques citations extraites des rares pamphlets
du temps, que j'ai sous les yeux, dont plusieurs étaient écrits en
vers pitoyables, et par lesquels la mauvaise humeur parisienne

enfans, c'est un grand seigneur. Je ne l'offensais pas, n'est-ce pas ? Il n'y a que le roi qui doive aller en poste ; mais c'est égal, puisque la reine le veut bien. Le carrosse veut passer pour aller à Lesigny ; moi, je ne veux pas, et je dis : Montrez vos piques et vos mousquets aux chevaux ! Les chevaux s'arrêtent. Concini met, comme ça, la tête à la portière avec ses cheveux noirs comme jais ! Je dis : Le mot de passe. — Je suis le maréchal d'Ancre. — Je dis : Le mot de passe. — Il me dit : Coquin ! — Je lui dis : Monsieur le maréchal, le mot de passe ! — M. le prevôt le reconnaît et me dit : Laissez-le passer. — Je dis : C'est bon. — Il passe. — Le soir, je marchais les bras croisés, comme ça, hors de la barrière, quand deux hommes... deux valets, rouges et noirs, zinzolin toujours, me prennent, l'un à droite, l'autre à gauche, et me frappent à coups d'épée.... (*Douloureusement.*) J'aurais mieux aimé la pointe ! Je ne criais pas, car la garde bourgeoise serait venue à moi, et m'aurait vu battre. Ces valets m'auraient, ma foi ! tué, comme ils y allaient... Je commençais à n'y plus voir. Passe un homme tout noir : visage noir, manteau noir, habit noir. C'était le Corse. Il avait dans sa manche le stylet du pays ; il les jette tous deux par terre. Je lui dis : Merci. Il me dit : J'aurais voulu que ce

préludait aux histoires rimées de la Fronde. En voici sur la livrée de Concini.

SUR LES COULEURS DE CONCHINE.

Zinzolin jaune et noir est la couleur funeste
D'un flasque Florentin, du royaume la peste.
Le iaune est l'or du roy, vollé en mille endroicts ;
Le rouge zinzolin est le sang qui souspire,
Et le noir est le deuil qu'ont tous les bons François
De voir par un faquin renversé nostre empire.

(*Le Courrier picard*, en 1615.)

fût leur maître, je le cherche. Je lui dis : Nous le chercherons ensemble. Et voilà tout. Il me quitte. On prend
les deux valets. Ils n'étaient que blessés. M. le prevôt les
a fait pendre. Le Corse m'a dit de venir ici; et me
voilà.

SAMUEL.

Il est sorti. Votre billet est toujours sûr pour les armes ?
On n'a rien saisi chez vous, maître Picard ?

PICARD.

Sois tranquille. Je suis bon pour la somme convenue :
le double, comme c'est toujours avec Samuel, et je
t'amène quelqu'un qui répondra et signera avec moi,
et qui voulait s'entendre aussi avec le Corse.

SAMUEL.

Qui est-ce ? qui est-ce ?

PICARD.

Un magistrat que je ne veux pas nommer.

SAMUEL.

Où est-il ?

PICARD.

Sur l'escalier.

SAMUEL.

Il ne fallait pas le laisser là... Il peut rencontrer tant de
personnes qui viennent ici pour prêt ou pour emprunt !...
(*A la porte.*) Entrez, entrez... monsieur.

SCÈNE III.

Les Précédens, DÉAGEANT.

DÉAGEANT (à voix basse et douce).

Le bon Samuel vous a-t-il fourni les armes qu'il
faut ?

PICARD (brusquement).

Oui, oui.

DÉAGEANT (bas à Samuel).

Voici un ordre de M. de Luynes de vous donner quatre fois la somme si vous me livrez passage dans tous les coins de votre maison. C'est au nom de M. de Luynes, bon Samuel, que je vous le dis : vous serez jugé et condamné comme propageant le judaïsme, si vous ne faites ce que je veux.

SAMUEL (avec résignation).

Je ferai ce que vous voulez, monsieur le conseiller au Parlement.

DÉAGEANT.

Je connais tous ceux qui viennent dans votre maison, et je veux les entendre parler. Je sais comment est construit ce bâtiment et tout ce que vous y cachez. Il me faut conduire dans tous ses détours. Au nom du roi ! Lisez cet ordre.

SAMUEL (après l'avoir lu).

Il est précis. J'obéirai. Venez.

DÉAGEANT.

Pas encore; j'ai à parler à cet honnête homme, maître Picard. Je suis assuré de votre discrétion, n'est-il pas vrai ?

SAMUEL.

Aussi assuré que je le serais du bûcher, si j'y manquais, seigneur conseiller. Si un chrétien parlait à un juif sans le menacer, il se croirait damné.

PICARD.

Allons, juif! allons ! laisse-nous un moment, et garde ta porte. Nous avons à causer. (*Samuel sort.*)

SCÈNE IV.

DÉAGEANT, PICARD.

PICARD.

Vous aviez à me parler, monsieur le conseiller ?

DÉAGEANT.

Maître Picard, vous avez été insulté.

PICARD.

Peut-être.

DÉAGEANT.

Battu même.

PICARD.

C'est bon ! c'est bon !

DÉAGEANT.

Oh ! battu : c'est le mot. Honteusement battu !

PICARD.

Eh bien ?

DÉAGEANT (s'asseyant).

Avouez que Concini est un mauvais garnement.

PICARD.

Cela se peut.

DÉAGEANT.

Un traître qui nous livre à l'Espagnol.

PICARD.

Ceci, je n'en sais rien.

DÉAGEANT.

Un concussionnaire, un voleur qui, par les intrigues de sa femme, a dépouillé toutes nos provinces. Un insolent qui en Picardie a fait graver son nom et ses armes sur les canons du roi.

PICARD.

Croyez-vous?

DÉAGEANT.

Un effronté qui porte sur son chapeau le panache du héron noir que portait le feu roi Henri.

PICARD (après avoir réfléchi long-temps).

Peu de chose. Peu de chose.

DÉAGEANT.

Et sa femme, la Galigaï, est fort soupçonnée de magie. Elle consulte Cosme Ruger, abbé de Saint-Mahé, qui est un athéiste, et Mathieu de Monthenay. Elle sacrifie des coqs blancs dans l'église.

PICARD, après un moment de silence, et avoir considéré long-temps Déageant, lui frappe pesamment sur l'épaule.

Çà, M. le conseiller, vous me croyez par trop simple, et vous avez chanté d'un ton trop bas. Vous vous êtes mépris. Il y a bien quelques gens qui vous croiront, mais je n'en suis pas. Et sur cela, je suis bien aise de vous dire mon idée. M'est avis qu'une nation est toute pareille à un tonneau de vin ; en haut est la mousse, comme qui dirait la cour ; en bas est la lie, comme qui dirait la populace paresseuse, ignorante et mendiante. Mais entre la lie et la mousse, est le bon vin, le vin généreux, comme qui dirait le peuple ou les honnêtes gens. Ce peuple-là ne se met pas en colère pour peu de chose et aime bien savoir pourquoi il y est. Vous désirez être défait de Concini ; et moi aussi, parce qu'il entretient le roi et le pays dans la guerre civile dont nous avons bien assez et qu'il nous traite en esclaves, ce que le feu roi n'aimait pas. Mais ce que vous me dites de lui me frappe bien peu ; et de sa femme, je le nie. Elle fait du bien partout de sa main et de sa bourse, malgré son mari et à son insu. Nous l'aimons. Il y a six mille piques qui s'apprêtent à entourer sa maison. J'y ajouterai la mienne ; mais si je vous avais entendu plus tôt, vous m'auriez fait réfléchir plus longtemps. Je vais voir la garde bourgeoise et mes amis, et leur parler un peu avant le soir. Moi, je ne veux pas que l'on agisse sans bien savoir pourquoi ; et après avoir agi, je ne veux pas qu'on soit méchant. Voilà !

DÉAGEANT.

Mais ne vous a-t-on pas dit que M. de Luynes a ordre du roi de le faire arrêter ?

PICARD.

Que M. de Luynes fasse ce qu'il lui plaira, cela nous inquiète peu. On m'attend... Je vais voir ce que j'aurai à faire. Adieu.

(*Il lui tourne le dos et sort.*)

SCÈNE V.

DÉAGEANT, SAMUEL.

DÉGEANT (après être resté un peu interdit).

Que m'importe, pourvu qu'il me serve ! Encore une passion excitée contre les Concini ! (*A Samuel qui rentre.*) Où cours-tu si vite ?

SAMUEL.

Gagnez la rue par cette porte. Voici deux valets de Concini.

DÉAGEANT.

Gagner la rue? Non, pardieu! Je reste chez toi tout aujourd'hui samedi.

SAMUEL.

Samedi! jour de sabbat!

DÉAGEANT.

Et j'y dois tout surveiller à l'intérieur, comme M. le prevôt de l'île au dehors.

SAMUEL.

Eh bien, donc! au lieu de descendre l'escalier, montez-le : passez par ce corridor, et j'irai vous retrouver. (*A part.*) Puisse-t-il s'y casser bras et jambes.

(*Déageant sort.*)

SCÈNE VI.

SAMUEL, DEUX LAQUAIS.

PREMIER LAQUAIS. Il se tourne en saluant à droite et à gauche à mesure qu'ils parlent.

M. le maréchal d'Ancre veut vous parler seul.

SECOND LAQUAIS.

Il demande s'il y a sûreté pour lui.

PREMIER LAQUAIS.

Vous répondrez de tout sur votre tête.

SECOND LAQUAIS.

Nous avons vingt hommes dans les rues environnantes.

PREMIER LAQUAIS.

On mettra le feu à votre maison, s'il arrive à monseigneur le moindre accident.

SAMUEL.

Messieurs, je suis tout-à-fait à vos ordres. Que monseigneur vienne sur-le-champ, s'il lui plaît. Je ne résisterai jamais à ses volontés, si clairement exprimées. Votre langage n'a rien d'obscur, et quant à sa sûreté vous y pourvoyez parfaitement. (*Ils sortent. A part.*) Il y aura du sang bientôt. Tout ceci ne peut tourner autrement. Voici l'heure où le Corse rentre chez lui; il rencontrera l'aveugle Concini, qui ne vient pas sans quelque dessein d'ambition ou de débauche. Que m'importe, après tout, la vie de ces Nazaréens! j'ai tous leurs secrets et les garde tous, parce que tous ces hommes sont à craindre. Mais que suis-je pour eux? une bourse et non un homme.

SCÈNE VII.

SAMUEL, CONCINI.

CONCINI (agité).

Es-tu seul, Samuel?

SAMUEL.

Eh! monseigneur, si je suis seul! je suis vieux, je suis faible et je suis à vos gages. Rassurez-vous. Que faut-il à votre grandeur?

CONCINI regarde tout autour de la chámbre et va en examiner tous
les coins.

Où donne cette cloison?

(*Il frappe dessus.*)

SAMUEL.

De mon laboratoire dans mon comptoir, monseigneur.

CONCINI (bas avec joie)·

Tu sais que nous avons fait arrêter le prince de Condé,
hier?

SAMUEL.

Je ne sais rien de ce qui se passe au dehors; mais je
félicite monseigneur du grand coup qu'il vient de
frapper.

CONCINI (avec peur).

Oh! ce n'est pas moi! ce n'est pas moi qui l'ai fait!
C'est ma femme. Tout le monde le sait. Je suis censé en
Picardie, aujourd'hui. (*Frappant la cloison.*) Mais c'est
une tapisserie et non du bois : on peut entendre parler.

SAMUEL.

Mais il n'y a là personne. Voyez. (*Il ouvre la porte
que recouvre une tapisserie.*)

CONCINI (s'asseyant avec orgueil).

Tous mes ennemis sont vaincus, les mécontens sont
battus; Mayenne ne peut plus se défendre à Soissons.
Me voici le maître!

SAMUEL.

Monseigneur est le plus heureux des hommes.

CONCINI (mystérieusement avec inquiétude.)

Oui. As-tu du contre-poison ?

SAMUEL.

Pour vous?

CONCINI.

Peut-être ! Je voyage ; j'ai des ennemis beaucoup ; des gens beaucoup ; et des parens beaucoup.

SAMUEL.

Des parens ?

CONCINI.

Qui me détestent. Mais si tu n'as pas cet antidote , n'en parlons plus ; c'était une fantaisie. A propos, je viens loger chez toi.

SAMUEL.

Chez moi ! loger ! vous ! (*A part.*) Je suis perdu.

CONCINI.

Oui, moi. J'ai laissé partir mes équipages pour la Picardie ; mais mon carrosse va sans moi en poste.

SAMUEL (à part).

En poste ! quelle dépense ! le roi seul va ainsi.

CONCINI.

J'ai laissé régler à ma femme quelques petites affaires, qu'elle entend aussi bien que moi...

SAMUEL (à part).

Lâche chrétien ! qui laisse à une femme tous les dangers, et garde tous les plaisirs !

CONCINI.

... Et je reste quelques jours ici pour me reposer du gouvernement, avec la jeune femme que tu sais, coquin !

SAMUEL.

L'y voilà.

CONCINI.

J'ai toujours le cœur italien, vois-tu? Et j'aime à enrichir les femmes de mon pays. Celle-ci est bien jolie... Je l'ai vue dix fois à sa fenêtre. Est-elle fille, femme ou veuve?

SAMUEL.

Femme.

CONCINI.

(*D'un air insouciant.*) Et de quel homme? (*A part.*) Voyons s'il mentira.

SAMUEL.

D'un gentilhomme de Corse, arrivé depuis un mois à Paris.

CONCINI (jouant avec sa bourse).

Son nom?

SAMUEL.

Il est pauvre et jaloux.

CONCINI.

De l'or dans les deux cas. Son nom?

SAMUEL tombe à genoux.

Il est sauvage et rude comme le fer.

CONCINI (montrant la porte où sont ses gens).

On fait fondre et ployer le fer. Son nom?

SAMUEL.

Monseigneur, je suis poignardé si je parle.

CONCINI.

Et pendu si tu te tais. Or j'ai l'avance sur lui. Donne-moi la préférence pour obéir. Tu me connais.

SAMUEL.

Et je le connais aussi. Monseigneur, si jamais j'ai mis quelque habileté à faire passer dans tous les pays de l'Europe, les trésors que vous m'aviez confiés; si j'ai su vous faire acheter aux moindres prix les plus beaux châteaux seigneuriaux de ce pays; épargnez-moi l'horreur de prononcer ce nom.

CONCINI (lui passant sa canne sur la tête).

Allons! allons! c'est Borgia.

SAMUEL.

Ce n'est toujours pas moi qui vous l'ai dit; n'est-il pas vrai?

CONCINI.

Je ne rends point de faux témoignage, Samuel. Leve-toi, et écoute. (*Gravement.*) Celui qui m'a appris ce nom est celui qui jette les hommes pêle-mêle sur ce monde. Depuis que Concini et Borgia y sont, Borgia heurte Concini. Mon père a tué le sien, et du même coup en a été tué. Nos mères nous prirent encore dans les langes, et en s'injuriant accoutumèrent nos petits bras à se frapper. A quinze ans, nous nous sommes battus à coups de couteau, deux fois. A Florence, nous avons aimé tous deux Léonora Galigaï. Je le fis passer pour mort pendant une absence, et j'épousai sa Léonora, qui depuis a fait ma fortune. Il me hait, et je le hais. Dans les montagnes de Corse, les hommes de sa famille laisseront croître leur barbe jusqu'à ce qu'ils aient éteint ma famille; et s'il vient ici, c'est pour ce que nous appelons la vindetta.

SAMUEL.

Non , monseigneur , non ! Il n'annonce aucune haine contre qui que ce soit....et...

CONCINI.

Ton appartement est-il sûr ?...

SAMUEL.

Ah ! monseigneur , jamais le sage Hiram de la tribu de Nephtali , ne bâtit dans le Temple plus de portes secrètes et silencieuses que j'en ai fait pratiquer ici depuis vingt ans. Rien de ce qu'on fait n'est vu , rien de ce qu'on dit n'est entendu dans ma sainte et grave maison.

CONCINI (vite et bas).

C'est pour cela que je veux l'habiter. Mais écoute, et tais-toi. Je sais que Borgia a dans les mains une lettre que j'écrivis à quelqu'un , peu de jours avant le.... Va voir si personne ne peut entendre... (*Le juif montre, en ouvrant les portes , qu'il n'y a là personne.*) Avant le quatorze mai 1610. Tu te le rappelles (1) ?

---

(1) J'ai vu, par l'étonnement et les scrupules de quelques personnes, que ce point d'histoire était bien peu connu. En effet, les pièces relatives au procès de la Galigaï et à l'assassinat de Concini sont devenues très-rares. Je les ai entre les mains ; et , comme je l'ai dit , une seconde édition en contiendra les principaux passages. Il n'y a pas une de ces pièces qui ne renferme cette charge, ou ne rappelle ce grand attentat. « Ravaillac , dit l'un de ces livres que je » copie, pour mettre le saigneur Concino sur le théastre tue le dit » Henry de deux coups de cousteau, empesché dans son carrosse à » lire une lettre par le sieur d'Espernon, et en plain délice de veoir » la resjouissance de son peuple au couronnement de la royne. Ce » grand prince mort, son fils, jeune de dix ans , est élevé sur le » throsne, auquel Concino oste peu à peu ses plus confidens,..... » s'empare des places les plus fortes et des ports de mer pour y re- » cevoir l'Hespagnol, avec lequel il cabalise, et rompt toutes les al-

SAMUEL.

Un vendredi ?

CONCINI.

Oui, un vendredi. Il me faut cette lettre à tout prix...
entends-tu ? à tout prix !

SAMUEL.

Quoi ! voudriez-vous vous défaire de l'homme ?

CONCINI.

Non, cela m'empêcherait de savoir où est ma lettre.
Mais être aimé de la femme... ou, sinon aimé, du moins
préféré... ou quelque chose de semblable... Je connais
mes Italiennes... Il y a peu d'amant qui ne trouve le secret
du mari sur le chevet où il l'a laissé; et je rattraperai
gaiement ma lettre.

» liances du feu roy, etc. » Ici ses projets sont longuement dévelop-
pés. Je trouve partout la preuve que la voix publique chargeait les
Concini de ce crime. Quelquefois c'étaient des vers tels que ceux-ci
que l'on jetait sur leur chemin :

Rauaillac au Mareschal d'Ancre,

Ha ! truan ! ha ! maraud ! iadis plus gueux que moy,
Comment n'es-tu pas mort, ainsi que moy, en Greue ?
Par tes suasions j'ay massacré ce roy,
Dont toute la grandeur de la France releue.

Je donnerai d'autres notes encore là-dessus. Ce n'est pas qu'à
mon sens (et je l'ai dit ailleurs) il soit bien nécessaire qu'une œuvre
d'art ait toujours, pour autorités, un parchemin par crime et un
in-folio par passion; ce n'est pas non plus que j'aie la moindre
crainte d'avoir calomnié Concino Concini : il n'était pas à cela près
d'un coup de couteau, et je ne sais pas d'ancienne famille qui, en
ce temps, n'ait eu son assassin; mais j'ai dit un mot de cela
pour faire savoir que cette pensée d'une expiation inévitable qui
remplit le drame, qui en corrobore la fable, et à laquelle j'ai fait
céder quelquefois l'histoire, avait cependant une base plus solide
qu'on ne l'a pu croire.

SAMUEL.

C'est impossible, Monseigneur.

CONCINI.

Eh quoi! n'est-elle pas sa femme?

SAMUEL.

Oui.

CONCINI.

Seule?

SAMUEL.

Oui.

CONCINI.

Pauvre?

SAMUEL.

Oui.

CONCINI.

N'est-il pas sombre et méchant?

SAMUEL.

Oui.

CONCINI (étonné et naïvement).

Eh bien?

SAMUEL.

Mais elle l'aime.

CONCINI.

Bah! il faudra donc le tuer?

SAMUEL.

Probablement.

CONCINI.

Mais es-tu sûr qu'elle l'aime?

(On frappe trois coups à la porte.)

SAMUEL.

Le voici. Ah! Monseigneur, pour tout l'or du taber-
nacle, je ne voudrais pas qu'il vous trouvât ici; consen-
tez à rester un moment dans ce cabinet, où vous pour-
riez loger deux mois sans être vu. Entrez, entrez, et vous
verrez ce que sont ces singuliers jeunes gens.

CONCINI (écoutant).

Oh! c'est toi, montagnard, c'est bien toi! — Je re-
connaîtrais son pas entre mille. (*Il entre dans le cabinet.*)
Ouvre-lui quand tu voudras. Je veux voir le loup dans
sa tanière.

SCÈNE VIII.

SAMUEL, BORGIA. (Il entre et referme la porte au verrou
avec soin.)

BORGIA.

Qu'a fait Isabella?

SAMUEL.

Rien ou peu de chose : elle a chanté.

BORGIA.

Qui a-t-elle vu?

SAMUEL.

Personne.

BORGIA (le regardant avec méfiance).

Personne?

SAMUEL.

Personne.

BORGIA.

Dites, je vous prie, à Isabella que je suis rentré.

(*Samuel sort.*)

SCÈNE IX.

BORGIA, seul.

Eh! comment aurais-je été si inflexible? comment
n'aurais-je pas tenté de l'avertir? Y a-t-il un homme qui
ne l'eût prise en pitié après l'avoir vue? Si elle eût été

seule ou peu accompagnée, je lui disais tout et je l'em-
menais. Où l'aurais-je conduite? Ici peut-être! Oui,
ici, plutôt que de la laisser ainsi dormir sur un volcan.
Penser que ce soir des hommes armés entreront dans ce
tranquille palais, qu'ils jetteront dans la terreur ces
femmes timides et gracieuses, c'est une insupportable
idée. Voilà ce qui arrive quand on veut se venger : on
va, on va, on va, et puis on se repent. J'ai été trop loin !
(*Il se promène.*) Léonora m'oublie; je prends par dépit
la première main qui se trouve : j'épouse Isabella, et je
me crois heureux. Bah! la vengeance de Corse est née
avec moi; elle me parle toujours à l'oreille. Elle me dit :
Concini l'a épousée ! Concini triomphe ! l'assassin Concini
est aimé plus que toi ! Concini est presque roi d'un grand
royaume. Va, pars; renverse-le. Je pars, me voilà, je
vais frapper. Suis-je satisfait? Bah! et elle que j'ai vue!
et elle qui est devenue plus belle cent fois qu'elle n'était!
et elle que je ne hais plus ! la laisserai-je attachée à celui
que l'on veut renverser? Je veux lui parler en secret;
elle doit m'entendre. Nous serons donc seuls, pensais-je.
Bah! elle me reçoit au milieu de vingt personnes, au
milieu d'une cour empesée et frivole. J'ai bien fait de
sortir de son hôtel brusquement et sans parler, sans
saluer. Les Français en ont ri : ils rient de tout; ils ri-
raient de leur damnation ! — Oh! si seulement cette voix
grave et tendre m'eût dit : Michaël, je me souviens de
notre amour! si elle se fût repentie ! N'importe; qu'elle
vive heureuse et puissante ! je renonce aux complots : je
l'ai vue ! je ne la verrai plus. Règne, règne, heureux
Concini. La cour seule d'un roi de seize ans ne te détrô-
nerait pas; règne donc, ô favori ! Je te laisse la place.
Je ne veux plus me venger, même de toi. J'ai revu Léo-

ñora : tout est fini....... Oui, oui, c'est là ce qui convient. La force contre un homme; mais, pour toute femme, pitié !.......

SCÈNE X.

BORGIA, ISABELLA.

ISABELLA (vivement, et lui sautant au cou).

Bonjour, enfin, bonjour. Il est bien tard. Qu'avez-vous donc fait?

BORGIA (se détournant).

J'ai perdu mon temps.

ISABELLA.

Est-ce pour cela que vous ne voulez pas m'embrasser?

BORGIA.

Je ne suis pas bien portant.

ISABELLA.

Vous êtes allé hors de Paris, hier. Pourquoi cela?

BORGIA.

Pour voir une terre et un château.

ISABELLA.

Et le soir vous êtes allé au Louvre? As-tu vu la reine? Quel âge a-t-elle?

BORGIA (se détournant).

Quarante-trois ans.

ISABELLA.

Ressemble-t-elle au prince Cosmo? Irai-je bientôt aussi au Louvre? Et le roi, l'as-tu vu? Quel âge a-t-il?

BORGIA (assis, frappant du pied).

Seize ans.

ISABELLA (s'appuyant sur son épaule).

Ah ! pauvre enfant ! déjà roi ! Qu'il doit être joli à voir ! La reine porte-t-elle des perles ?

BORGIA.

Nous allons bientôt retourner à Florence.

ISABELLA.

A Florence ! Et pourquoi cela ?

BORGIA.

Parce que Paris est dangereux pour vous.

ISABELLA.

Dangereux ! je ne connais de Paris que ma chambre, et de Parisiens que le vieux juif.

BORGIA.

N'avez-vous parlé à personne de vous et de moi ?

ISABELLA.

A personne au monde. J'ai dormi et j'ai chanté. Seule, toute seule. Je m'ennuyais.

BORGIA.

Eh bien ! nous partirons, parce que vous vous en-nuyez, seule, ici.

ISABELLA.

Non, non, je ne m'ennuie pas. J'aime la France. Restons, je vois passer tant de monde. Que tu es in-constant ! Pourquoi vouloir partir ? Et tes projets d'am-bition ? et cette grande dame que tu devais voir ? ces hauts emplois que tu devais demander ? Plus rien de tout cela ! — Est-elle jolie ?...

BORGIA (la repoussant).

Ne me parlez jamais d'elle, ni de ces puérilités.

ISABELLA (boudant).

Je n'irai donc pas à la cour de la reine ?

BORGIA.

Une cour pleine de corruption ! Il faut partir.

ISABELLA.

Ah ! que je voudrais te voir grand écuyer du roi !

BORGIA se lève en colère, et se promène dans la chambre, ou-
bliant Isabella.

(*Très-haut.*) Orgueil ! orgueil ! C'est là leur péché mortel ! c'est ce qui l'a rendue insensée ! Dix dames d'atours,
des grands seigneurs, des pages pour tenir sa robe. Pour
m'humilier, m'éblouir ! Orgueil ! orgueil ! C'est ce qui
la rend folle, folle et aveugle ! Comment la sauver ?

ISABELLA (*étonnée*).

Il ne me faut pas de pages, ni de dames !

BORGIA s'arrête et passe la main dans ses cheveux.

Ai-je dit cela ? C'est alors moi qui suis fou, c'est l'air
de la cour que j'ai respiré.

SCÈNE XI.

Les Précédens, SAMUEL.

SAMUEL.

Un page, de livrée rouge et noire, vous apporte ceci.

BORGIA lit.

*Puisque vous le voulez : A quatre heures. Seule. Sous
votre garde !* (*Avec transport.*) Oh ! sous la garde des es-
prits célestes… Léonora ! ton étoile a voulu ton salut…
Je te préserverai… Je vais à toi… (*A Isabella, brusquement.*) Vous resterez en France.—Je n'ai rien juré contre toi, Léonora : j'ai soulevé ces hommes contre le vil

Concini seulement. (*A Isabella, plus doucement.*) Vous irez à la cour.—Je ne lui parlerai pas du temps passé... Point d'attendrissement... ce serait de la faiblesse... Rien de tout cela, rien... Non, non, point de cela. (*A Isabella.*) Vous verrez la reine, le roi, les pages et tout le reste. — Ce serait lâcheté que de demander grâce à une femme... Si elle oublie, j'oublie aussi, moi... Mais je la préserverai... Oui, j'en ai la puissance... Je la sauverai, ou j'y demeurerai. (*A Isabella.*) Je reviendrai cette nuit très-tard... (*A lui-même.*) Et qu'est-ce que le plaisir de la vengeance à côté des ineffables joies de l'amour?... D'ailleurs.... (*Il sort en parlant toujours, et en prononçant des mots inintelligibles; il suit le page avec distraction; il court, et s'enfuit en enfonçant son chapeau à larges bords sur sa tête, jusqu'aux yeux.*)

SCÈNE XII.

ISABELLA, SAMUEL.

ISABELLA.

Qu'a-t-il dit là, bon Samuel? Il a parlé français si vite que je ne l'ai pas compris.

SAMUEL.

Il a parlé en français, en effet. Mais voulez-vous entendre chanter dans votre langue italienne? Il y a là un de mes amis, un pauvre musicien que je loge, et qui sait des airs de votre pays. C'est un Florentin.

ISABELLA (regardant la porte que Borgia a ouverte).

Chanter? Non. Oh! je ne veux pas entendre chanter

à présent. Chanter ? Oh! non ! bon Samuel. Non , certainement. Ne voyez-vous pas qu'il est égaré ? Qu'a-t-il
donc dit en partant ? Je ne puis savoir ce qu'il a dit. Jamais il n'a parlé si vite, ni si haut ! Plus tard , j'enten-
drai chanter, Samuel. Cette nuit , à dix heures; j'aurai
dormi un peu. Ce soir ! Dis-le à ton ami, Samuel, à ce
soir... (*Elle se retire lentement.*) A ce soir... (*Un
signe de tête.*) Ce soir... (*Elle pleure , et sort.*)

SCÈNE XIII.

SAMUEL, CONCINI.

CONCINI sort du cabinet, et serre la main à Samuel.

Elle est charmante ! Son mari la néglige. A ce soir
ma musique avec elle; je l'interrogerai sur la lettre ,
(*à part*) et un peu aussi la grande dame. (*Haut à Samuel.*) Pourquoi est-il sorti si précipitamment? (*Il sort
en interrogeant le vieux Samuel.*)

FIN DU SECOND ACTE.

ACTE III.

La chambre à coucher de la Maréchale.

SCÈNE I.

Madame DE ROUVRES ET madame DE MORET, dames de la Maréchale. (L'une arrange une cassette et l'autre une tapisserie.)

MAD. DE ROUVRES.

Mais en vérité, madame de Moret, vous n'y pensez pas.

MAD. DE MORET.

Quand madame d'Ancre veut recevoir cet homme ici, voulez-vous que je l'en empêche? Je suis bien décidée à ne prendre sur ma conscience que mes péchés.

MAD. DE ROUVRES.

Et quel est donc cet homme?

MAD. DE MORET.

Que sais-je? un pauvre Italien ruiné, qui vient demander la charité. Ne croyez pas qu'il soit digne de la moindre attention de la part de la marquise.

MAD. DE ROUVRES.

Voici quelque chose qui mérite bien plus d'attention. Voyez ces hommes armés qui rôdent devant les portes, sur le quai. Voyez combien ils sont, combien avec des manteaux, combien avec des épées!

MAD. DE MORET.

Je sais si bien ce qui se prépare que j'ai envoyé hors
du Louvre mes deux cassettes de mes bijoux.

MAD. DE ROUVRES.

Et pourquoi n'avertissez-vous pas madame la marquise?

MAD. DE MORET.

Tout le peuple est contre le maréchal d'Ancre.

MAD. DE ROUVRES.

Il faudrait le lui faire savoir.

MAD. DE MORET.

Le roi va renverser sa mère et Concini.

MAD. DE ROUVRES.

La maréchale ne s'en doute pas : que ne parlez-vous ?

MAD. DE MORET.

Ah! depuis quelques jours je sais des choses , par le
petit abbé de Gondi qui se fourre partout! Je sais des
choses !

MAD. DE ROUVRES.

Et pourquoi ne pas les dire ?

MAD. DE MORET.

Eh! mon Dieu! que ne le faites-vous , vous-même,
vous qui lui êtes attachée depuis six ans ?

MAD. DE ROUVRES.

Et vous, madame , qu'elle a comblée des faveurs de
la cour !

MAD. DE MORET.

Vous dont le mari est grand-veneur.

MAD. DE ROUVRES.

Vous dont le frère est gouverneur du Béarn.

MAD. DE MORET.

Tenez... Il est si difficile de dire cruement ces choses-là !

MAD. DE ROUVRES.

Eh bien ! je l'avoue, je pense comme vous. Tout ce que l'on peut faire c'est de mettre sa famille en sûreté : j'ai envoyé la mienne dans mes terres.

MAD. DE MORET.

Comment donc, mais c'est un devoir! le seul devoir même d'une mère de famille.

MAD. DE ROUVRES.

En effet, quand j'y réfléchis, de quelques mots qu'on se serve pour dire : « Madame la maréchale d'Ancre, vos » affaires sont perdues, le parti des mécontens triomphe, » vous avez contre vous le roi et le peuple, votre mari va » être arrêté demain ou après, » cela veut toujours dire : « Madame la maréchale, vous êtes sans esprit, sans pré- » voyance; votre mari est un sot important; et tout ce que » je vous dis, vous devriez le savoir mieux que moi.» Tout cela est fort désagréable à dire en face.

MAD. DE MORET.

Comment donc ! très-certainement. — Et cela convient-il à des femmes ?

MAD. DE ROUVRES.

Fi donc ! cela serait grossier. Ce qu'on nomme franchise est du dernier mauvais ton.

MAD. DE MORET.

Que vous avez l'esprit juste, madame de Rouvres ! ah !
que vous voyez bien ! (*Elle lui serre la main.*) Et, d'ailleurs, si le mal qu'on lui annoncerait n'arrivait pas ?

MAD. DE ROUVRES.

Encore ! encore cela ! Oui.

MAD. DE MORET.

On serait bien vue après une belle prédiction bien
sinistre !

MAD. DE ROUVRES.

Et bien venue pour demander des grâces !

MAD. DE MORET.

Oui, n'est-ce pas ? Et présentez-vous ensuite devant
une femme de son caractère ?

MAD. DE ROUVRES.

C'est impossible.

MAD. DE MORET.

Impossible en vérité.

MAD. DE ROUVRES.

Ah ! vous êtes charmante.

MAD. DE MORET (l'embrassant).

Personne ne comprend mieux que vous le grand monde.

MAD. DE ROUVRES.

N'est-ce pas son aventurier qui vient ?

MAD. DE MORET.

Non, c'est elle. (*Allant au devant de la maréchale.*)
Ah ! madame, la belle journée qu'il fait aujourd'hui !

5

—Faut-il recevoir les gens qui se présenteront ? — Ne sortez-vous pas ? j'ai vu atteler vos chevaux.

SCÈNE II.

LES DEUX DAMES, LA MARÉCHALE.

LA MARÉCHALE.

Non, non, madame de Moret, je ne sors pas ce matin, et vous n'introduirez, s'il vous plaît, que la personne que j'ai désignée à madame de Rouvres. (*A part.*) O mon cœur, mon cœur renferme toutes les larmes quand elles devraient te suffoquer ! Soyez assez bonnes pour me donner ce métier et la tapisserie. Je veux travailler. (*Elle s'établit à broder.*) Monsieur d'Ancre doit être près d'Amiens aujourd'hui.

MAD. DE MORET.

Ah ! sans nul doute, madame : le temps est si beau ! et tout ce qu'il fait lui réussit.

MAD. DE ROUVRES.

Il est né sous la plus heureuse étoile !

LA MARÉCHALE.

Est-ce que vous croyez aux étoiles ? Vous... superstitieuse !

MAD. DE ROUVRES.

A la vôtre, madame.

LA MARÉCHALE.

Oh ! flatteuse, flatteuse, taisez-vous. (*Elle lui donne*

la main.) Eh bien ! moi aussi, je crois un peu à la pré-
destination. Laissez-moi y penser ; voulez-vous ? Adieu,
adieu.

MAD. DE MORET.

Voici, je crois, ce gentilhomme italien, monsieur de....

LA MARÉCHALE.

N'importe le nom.... n'importé.... Allez, mes amies,
allez.... (*Avec doute.*) Mes amies !...

SCÈNE III.

MADAME DE MORET rentre, et soulève la portière tapissée pour
introduire BORGIA. Les dames se retirent. Il entre sans saluer, le chapeau à la main, et se place debout devant LA
MARÉCHALE, qui n'ose lui parler.

BORGIA.

C'est moi.

LA MARÉCHALE (travaillant vite, avec une agitation nerveuse).

Je suis vraiment heureux de vous revoir, monsieur de
Borgia. Je vous assure que je n'ai rien oublié de notre
enfance et que tous mes anciens amis sont présens à ma
pensée. Les familles de Scali et d'Adimari habitent-elles
toujours Florence ?

BORGIA.

Le temps va vite, Madame : nous en avons bien peu
pour nous parler ainsi...

LA MARÉCHALE (toujours les yeux baissés).

Mais... puis-je vous parler d'une autre manière ? puis-je vous parler comme avant mon mariage ? C'est le temps qui nous a séparés, c'est la destinée, c'est...

BORGIA.

Non, ce n'est pas tout cela, Madame. Regardez-moi.

LA MARÉCHALE.

C'est la nécessité d'obéir à madame Marie de Médicis. Concini me trompa, et publia votre mort. Ce fut presque la mienne; et à présent ce qui nous sépare, c'est l'habitude même de la séparation; c'est la différence de nos positions, c'est...

BORGIA.

Regardez-moi. Si vous me regardiez une fois seulement, vous diriez autre chose et autrement. (*Il lui prend la main avec tristesse et douceur.*)

LA MARÉCHALE. (Elle tombe le front sur sa main.)

Eh bien ! eh bien ! Michaël, pardonnez-moi, si c'est là ce qu'il vous faut, pardonnez-moi.

BORGIA (avec ironie).

Vos sermens, Léonora, étaient des sermens passionnés, savez-vous ? je ne les ai point oubliés, moi. Les champs, les fleuves, la mer, les églises, les croix, les madones, tout à Florence, tout dans nos montagnes en était témoin. Vous les disiez avec des pleurs, vous les écriviez avec du sang. Tout cela s'efface, tout cela tient peu... Ah ! ah ! (*Il rit amèrement*) que sent-on, s'il vous plaît, dans son cœur lorsqu'on trahit un serment ? Que croyez-vous, Madame, qu'il devienne dans le ciel lorsqu'il y fut accepté ?

LA MARÉCHALE.

Grâce ! grâce !

BORGIA.

C'est qu'alors nous étions heureux, brûlans et purs comme le ciel italien. On nous crut frère et sœur en voyant notre amitié, et l'on ne cessa de le croire qu'en voyant notre amour. Mais à présent...

LA MARÉCHALE.

Oh! pas davantage, pas davantage. Vous me faites bien mal.

BORGIA.

Et à présent, au lieu d'être la pauvre et bien-aimée Galigaï, vous êtes la femme d'un vil favori.

LA MARÉCHALE (se levant avec fierté).

Ah! cela n'est pas! Concini est votre ennemi; il n'est pas noble à vous d'en parler ainsi.

BORGIA.

Je puis en parler ainsi, car il est triomphant et tout-puissant. Asseyez-vous: je n'ai pas tout dit. Répondez-moi vite, car nous avons bien peu de temps à nous parler. Il me faut savoir si vous avez mérité les malheurs qui vous viendront.

LA MARÉCHALE.

Quels malheurs? qui me menace? Que voulez-vous dire?

BORGIA (élevant les bras au ciel).

Eh quoi! ne le savez-vous pas?

LA MARÉCHALE.

Non, en vérité, je ne le sais pas.

BORGIA.

Ne savez-vous pas ce que fait Paris depuis deux jours?

LA MARÉCHALE.

Non, je ne le sais pas.

BORGIA.

O pitié! pitié! éternelle pitié! De la haine, vous n'en méritez point.

LA MARÉCHALE.

Mais que voulez-vous dire?

BORGIA.

Le pouvoir et la richesse sont deux murailles impénétrables à tous les bruits. Malheur à ceux qui s'y renferment.

LA MARÉCHALE.

Borgia, chaque regard et chaque mot de vous me remplit d'effroi.

BORGIA.

Vous et lui! lui et vous! puisque vous êtes unis! ne sentez-vous pas la terre qui tremble sous vos pas? Votre fortune est trop haute, Madame: elle va crouler.

LA MARÉCHALE.

Et pourtant tout nous a réussi.

BORGIA.

Pour votre malheur.

LA MARÉCHALE.

Le peuple de Paris ne m'aime-t-il pas?

BORGIA.

Il ne vous connaît pas.

LA MARÉCHALE.

J'ai fait tant de bien!

BORGIA.

Il ne le sait pas.

LA MARÉCHALE.

J'ai donné tant d'argent !

BORGIA.

Il ne l'a pas reçu.

LA MARÉCHALE.

On m'a dit qu'il détestait Luynes et les mécontens.

BORGIA.

Eh ! Paris est à eux. Qui vous a dit de telles choses ?

LA MARÉCHALE.

Qui ? le maréchal de Thémines, M. de Conti, M. de Montglat, le conseiller Déageant, l'évêque de Luçon, tous les gens de la cour.

BORGIA.

Ils ont tous traité d'avance avec M. de de Luynes et le prince de Condé, vos ennemis. Le marché est passé.

LA MARÉCHALE.

Quel marché ?

BORGIA.

Votre tête, Louis XIII maître absolu, sa mère exilée.

LA MARÉCHALE (stupéfaite).

Est-ce un rêve que ceci ?

BORGIA.

Non, c'est un réveil.

LA MARÉCHALE.

Hélas ! ils m'ont donc aveuglée !

BORGIA.

Hélas ! ils vous ont traitée en reine ! — Quoi ! Concini n'a rien prévu ? Comment donc la sauver ? (*Se promenant avec agitation.*) Ah ! maudite à jamais l'étiquette empesée qui sépare du monde tous les grands ; maudite soit la politesse criminelle qui peint, sur les plus nobles visages, le souple consentement du flatteur ! On parle , vous n'entendez pas ; on écrit , vous ne lisez pas ! Vous ne voyez rien ! vous ne savez rien ! Vos lambris dorés sont des grilles !

LA MARÉCHALE.

Calmez-vous ! calmez-vous !

BORGIA.

Et votre reine tombe avec vous ! et vous êtes aveugle, et vous aveuglez les autres ! (*Revenant à elle avec colère.*) Eh ! de quoi se mêlait une faible femme ? aller se charger des destinées d'un grand royaume ! Tout ce qu'une main d'épée peut faire , une main de fuseau l'entreprendre ! Il n'y a que les femmes d'Europe qui soient telles. Les chrétiens se trompent... Au sérail.... au sérail.

LA MARÉCHALE.

Du mépris , Michaël ?

BORGIA (avec désespoir).

Non , du désespoir.... Tu vas mourir bientôt.

LA MARÉCHALE (avec calme , après avoir réfléchi).

En vérité, vous vous méprenez. Je sais cela mieux que vous ; tout est calme, tranquille , et l'avenir est sûr pour nous.

BORGIA.

L'avenir a deux heures à vous donner, tout au plus.

LA MARÉCHALE.

Et comment l'avez-vous appris ?

BORGIA.

Répondez, répondez ! Le mal que Concini a fait, en êtes-vous complice ?

LA MARÉCHALE.

Le mal ?

BORGIA.

Ses exactions en Picardie, ses rapines partout, ses violences dans Paris, qui en soulevent tout le peuple contre lui....

LA MARÉCHALE.

Mais le peuple de Paris ne se mêle de rien; tout se passe entre le maréchal d'Ancre, le prince de Condé et M. de Luynes. J'ai fait arrêter M. le Prince : tout est fini.

BORGIA.

L'intérieur du palais est tout ce que vous voyez. Mais, répondez-moi, qu'avez-vous fait de mal dans tout ce mal ? Dites-moi quelque chose qui puisse vous excuser; je veux vous sauver. Enfin, le crime du vendredi, l'avez-vous su ?

LE MARÉCHALE.

Ce jour-là fut toujours malheureux pour moi.

BORGIA.

Et la rue de la Ferronnerie ?

LA MARÉCHALE.

Quoi ?

BORGIA.

Un roi si bon qu'il avait fait aimer le pouvoir absolu !

LA MARÉCHALE (tremblante).

Eh bien ?

BORGIA.

Henri Quatre...

LA MARÉCHALE.

Eh bien ?

BORGIA.

C'est Concini qui l'a fait tuer ; c'est pour cela qu'il mourra.

LA MARÉCHALE.

Prétexte ! cela n'est pas.

BORGIA.

J'en ai la preuve. Je l'apporte.

LA MARÉCHALE.

Et pourquoi, grand Dieu ! l'apporter ?

BORGIA.

Afin qu'il tombe. Je veux sa mort, je veux sa mort; parce qu'il m'a ôté la vie en m'ôtant ta main. J'aime tous ses ennemis et je hais tous ses amis. J'ai épousé toutes les haines qu'il a soulevées, j'ai adopté toutes les vengeances, justes ou non, les premières venues. Mais vous, je veux vous sauver, parce que vous vous êtes souvenue de moi. Cela m'a touché.

LA MARÉCHALE.

Et moi, je ne le veux pas. Vous voulez tuer le père de mes enfans. Si vous aviez tenu à nos souvenirs, auriez-vous poursuivi cette vengeance ? C'est Luynes qui vous a suscité. Vous revenez à moi le stylet à la main.

BORGIA.

Le stylet ! Concini s'en est servi plus que moi; peut-être ne le saviez-vous pas ?

LA MARÉCHALE.

Nommez-le ambitieux, perfide; vous en avez le droit :
il nous a trompés tous les deux. Mais ne le dites pas
assassin : je n'y crois pas. C'est par haine que vous êtes
venue ici, non par amour.

BORGIA.

Pour tous les deux.

LA MARÉCHALE.

Eh bien ! quelle preuve enfin avez-vous contre lui ?

BORGIA.

Il a écrit à l'homme.

LA MARÉCHALE.

A quel homme ?

BORGIA.

A Ravaillac. Et il y a au bas de sa lettre une écriture
de femme. Pas là vôtre, grâce au ciel ?

LA MARÉCHALE.

Oh ! horrible à entendre ! horrible à penser !

BORGIA.

Que vous importent ces secrets d'état ? Vous les igno-
riez, n'est-ce pas ?

LA MARÉCHALE.

Oh ! profondément.

BORGIA.

Votre hôtel sera entouré tout à l'heure par le peuple
armé. Préparez-vous à me suivre.

LA MARÉCHALE.

Sauverez-vous mon mari ?

BORGIA.

Je n'en sais rien. Mais qu'importe? il est loin de
Paris, en sûreté.

LA MARÉCHALE.

Comment le savez-vous? Sur qui avez-vous autorité?
Qu'êtes-vous venu faire en France?

BORGIA.

Je vous le dis, le tuer, si je le rencontre jamais; si
non, les autres le laisseront échapper.

LA MARÉCHALE.

Oh! par pitié, faites cela! ce sera plus digne de vous.
N'usez jamais de ces lettres?

BORGIA.

Avouez donc que ce Concini est un infâme, et je serai
content.

LA MARÉCHALE (baissant les yeux).

Il est mon mari.

BORGIA (sombre).

Oh! que je vous entende parler de lui comme je fais,
et je suis vengé, et je suis satisfait.

LA MARÉCHALE.

Il est mon mari.

BORGIA.

Dites seulement que vous ne l'avez jamais aimé; seulement cela, et je rends ces lettres à vous ou à lui.

LA MARÉCHALE.

Lui rendrez-vous ces lettres?

BORGIA.

Cela ne le sauvera que du roi, mais je le ferai ; je vous les rendrai à vous-même.

LA MARÉCHALE. (Elle s'approche de la porte, et l'ouvre pour ne plus être seule avec Borgia, et fait un geste pour appeler madame de Rouvres ; puis revient, et tire de son sein un portrait.)

Voilà ma réponse, Michaël : c'est votre portrait.

BORGIA.

Quoi ! vous l'aviez gardé !

LA MARÉCHALE.

C'était pour vous pleurer. Maintenant, par pitié, ne m'en parlez pas ! Je vous le rendrais. Madame de Rouvres, amenez mes enfans ! (*Madame de Rouvres paraît et sort à l'instant. La Maréchale se rassied, et prend la main à Borgia.*) Asseyez-vous près de moi ; calmons-nous. Ne me parlez pas, je vous en supplie, pendant un instant. Vous m'avez troublée jusqu'au fond du cœur : c'est une grande faiblesse à moi ; mais vous apparaissez ici avec des souvenirs d'amour et des cris de haine ; les uns m'effraient pour moi, les autres pour ma famille. Écoutez, je ne suis plus à moi ; je suis épouse, je suis mère ; je suis amie d'une grande reine et comme gouvernante d'un grand royaume. J'ai besoin de toute ma force. Oh ! par grâce, ne me l'ôtez pas en un jour. Dites vrai, dites tout. Je ne vous demande pas le nom des conjurés, mais seulement ce qu'ils doivent faire. Puisqu'enfin vous aviez voulu me sauver, que ne les avez-vous arrêtés ?

BORGIA.

Je le pouvais pour quelques heures, et je l'ai fait. C'est le temps que nous perdons ainsi.

LA MARÉCHALE.

En sommes-nous donc là ? Eh bien ! ne pensez plus à me sauver; car il est trop tard. — Voici mes deux enfans; prenez-les tous deux en pitié.

SCÈNE IV.

LES PRÉCÉDENS ; MADAME DE ROUVRES entre tenant une jeune fille dans son bras droit, et conduisant par la main le comte de la Pène, jeune garçon de dix ans, portant l'épée au côté, avec plusieurs ordres au cou. La maréchale va au devant d'eux, prend sa fille dans ses bras, et son fils par la main.

LA MARÉCHALE.

Laissez-les-moi, madame de Rouvres; je vous les rendrai quand on me les aura rendus à moi-même : je ne sais pas quel jour; ce jour-là est écrit là-haut. Ce que je dis ne vous surprend-il pas ?

MAD. DE ROUVRES.

Je ne dois pas empêcher madame la marquise de faire une chose que je crois prudente.

LA MARÉCHALE.

Prudente, madame ! Vous craignez donc quelque chose ? Vous ne m'en parliez pas.

MAD. DE ROUVRES.

Il y a des temps, madame, des situations qui rendent plus circonspecte que l'on ne voudrait l'être. J'aimais trop vos enfans pour les quitter sans peine; mais je crois qu'il est sage de les éloigner.

LA MARÉCHALE, pâlissant et émue, consi dère attentivement le visage de madame de Rouvres.

Voilà qui m'étonne beaucoup. Allons ! c'est bien,

rentrez, madame, rentrez. (*A ses enfans froidement.*) Embrassez-la..., dites-lui adieu.

LE COMTE DE LA PÈNE (avec méfiance).

Adieu, madame, adieu. Je vous remercie des bontés que vous avez eués pour nous. (*Madame de Rouvres sort la tête baissée.*)

LA MARÉCHALE.

Ah! cette femme m'a fait trembler avec son air contraint et forcé. Tout ce que vous dites est vrai, je le sens; je sens qu'un grand malheur m'enveloppe; je vous connais, d'ailleurs, vous êtes du sang des Borgia. Si c'est vous qui avez résolu ce qui doit arriver, je sais que cela ne peut pas changer; vos colères italiennes sont inaltérables. Vous et Concini vous nourrissez une haine dont j'ai été la cause bien innocente. Mais n'importe : si votre parti est pris, le mien l'est aussi. Comme il y a eu quelque chose de généreux à venir vous-même ici dire : Je vais vous perdre et j'ai conspiré avec vos ennemis, moi je vous dis : Vous êtes dans mes mains; je pourrais vous faire arrêter. Mais vous vous êtes souvenu de votre amour pour m'avertir : je m'en souviendrai pour me confier à vous. — Voici les otages que je vous donne.

BORGIA.

Quoi! les enfans de...

LA MARÉCHALE.

Oui, les enfans de Concini. Et si vous êtes un galant homme vous les sauverez. Donnez-moi votre main, promettez-moi leur vie. Après moi et leur père, après vous-même, qu'on les donne à M. de Fiesque. Voilà ce que je veux; si je suis en péril de mort, vous le savez mieux que moi. Je n'y veux plus penser. Acceptez-les; nous voilà tous dans vos mains.

BORGIA.

Eh ! ne voyez-vous pas bien qu'après tout je suis venu
pour vous revoir et vous sauver ?...

LA MARÉCHALE.

On vient. Si l'on m'apporte la mort, songez que c'est
en comptant sur votre parole que je l'aurai reçue.
(*Elle pose sur la table le portrait de Borgia qu'elle avait
ôté de son sein.*)

SCÈNE V.

Les Précédens, FIESQUE, D'ANVILLE, THÉMINES.
(Un Page soulève la portière tapissée, et introduit ces gan-
tilshommes.)

LA MARÉCHALE. (Elle s'assied entre ses deux enfans, et caresse la
tête de l'aîné avec distraction.)

Eh bien ! messieurs, vous avez un air riant qui rassu-
rerait les plus timides. Que nous apprendrez-vous ?

FIESQUE.

Ah ! madame, les plus plaisantes choses du monde !
M. l'évêque de Luçon est arrivé ce soir même à Paris, on
ne sait pourquoi, et la reine lui a dit : M. de Richelieu,
c'est signe de bonheur que de vous voir chez soi. Je n'ai
jamais tant ri en vérité, madame : sa figure était plai-
sante.

D'ANVILLE.

Et il a salué en se mordant les lèvres, n'est-il pas vrai,
monsieur de Thémines ?

THÉMINES.

Ma foi ! il y avait là de quoi le faire réfléchir.

FIESQUE.

On ne parlait que de cela chez madame la princesse de Conti.

LA MARÉCHALE (à Borgia, qui reste sombre et appuyé sur le fauteuil).

Vous voyez de quoi l'on s'occupe. N'avais-je pas raison d'être tranquille?

BORGIA (à demi-voix).

S'ils ne sont pas fous, c'est moi qui le suis !

LA MARÉCHALE.

Et de quoi parle-t-on dans Paris, monsieur le maréchal?

THÉMINES.

Du nouveau connétable, madame; on se demande quand M. le marquis d'Ancre reviendra pour en recevoir l'épée fleurdelisée. On s'assemble pour en parler devant votre hôtel.

LA MARÉCHALE (à Borgia).

C'est donc à cela que tout se réduit?

BORGIA (à demi-voix).

Ces vieux enfans... comme ils dansent légèrement sur une corde qui les soutient! Tous frappés de vertige, sur mon âme !

6

SCÈNE VI.

Les Précédens, CRÉQUI, MONTGLAT, et quelques gentilshommes de Concini. Monglat salue précipitamment; il est un peu agité.

LA MARÉCHALE.

Dit-on quelque chose aujourd'hui, messieurs?
(*Après la réponse de Créqui elle parle bas à Fiesque.*)

CRÉQUI.

On parle beaucoup du nouveau président au Parlement, madame. (*Bas à Thémines.*) Ah ça! il paraît qu'elle ne se doute de rien. Le roi va exiler la reine-mère.

THÉMINES (bas).

Elle est d'une tranquillité surprenante. Je crois bien qu'elle sait ce qui arrive, mais qu'elle nous cache ses impressions. Elle est aux premières loges pour voir, et elle sait bien des choses que nous ignorons.

MONTGLAT.

On dit que monsieur de Bouillon fait quelques tentatives. (*Bas à Thémines.*) Mais à quoi songe-t-elle? Savez-vous que le peuple s'assemble sous les fenêtres et que mes chevaux ont eu peine à passer?

THÉMINES (à demi-voix).

Oh! vous pensez bien qu'on a pris des précautions. Autrement, son sang-froid serait inexplicable.

SCÈNE VII.

LES PRÉCÉDENS ; MADAME DE ROUVRES ET MADAME DE MORET.
(*On entend des cris sourds ; une rumeur prolongée.*)

BORGIA (à la maréchale, à ce bruit).

L'entendez-vous ? l'entendez-vous ? c'est la grande voix du peuple.

MAD. DE MORET.

Ah ! madame la reine est arrêtée chez elle.

MAD. DE ROUVRES.

Et le roi a donné ordre de faire murer toutes ses portes.

MAD. DE MORET.

Excepté une que gardent les mousquetaires.

LA MARÉCHALE (se levant.)

C'est par celle-là que j'entrerai.

BORGIA.

Cherchez-en une pour sortir, madame.

LA MARÉCHALE.

Je vais près de la reine : elle est trahie.

THÉMINES.

Il serait plus prudent de demeurer ici, madame.

LA MARÉCHALE.

Allez, mesdames, allez toutes les deux chez la reine, de ma part. Passez par mes appartemens, et dites-lui que tous les amis du maréchal d'Ancre lui sont dévoués. Revenez sur-le-champ me répondre. On a profité de l'absence de mon mari. (*Elles sortent.*) Ne le remplacerez-vous pas, messieurs?

FIESQUE.

Je vais le premier, madame, savoir ce que signifie cet ordre du roi. C'est cet intrigant de Luynes qui l'aura suggéré.   (*Il sort.*)

LA MARÉCHALE.

Que je vous remercie! Allez et revenez vite, monsieur. Monsieur de Thémines, si vous m'aimez, allez assembler nos gentilshommes, et...

BORGIA.

Il n'a pas le temps, madame. Retirez-vous.

THÉMINES (montrant Borgia).

Savez-vous bien qui vous recevez, madame? Cet homme a été vu partout. Il joue deux rôles, je vous en préviens.   (*Il sort.*)
                              (*Rumeurs du peuple.*)

LA MARÉCHALE.

Revenez sur-le-champ, je vous répondrai.

BORGIA.

Eh! ils n'ont pas su vous conseiller: ils ne sauront pas vous défendre. Allez tous saluer Louis XIII, messieurs; vous êtes libres.

MONTGLAT.

Vous êtes bien libre ici vous-même, mon petit Corse.

BORGIA.

Plut à Dieu que libre aussi fût mon bras... (*A la Maré-chale.*) Près de moi, près de moi, c'est la seule place pour vous.

CRÉQUI.

Où cet homme prend-il ses familiarités ?

LA MARÉCHALE.

Allez, Créqui, allez, puisque personne ne retourne ici... Bon Dieu, je ne sais ce qui leur arrive... Personne, personne ne revient, ni de chez la reine, ni de la ville... Les fait-on périr à mesure, ou m'abandonnent-ils l'un après l'autre ?

CRÉQUI.

Le peuple crie... Je vais m'informer...

MONTGLAT.

On n'entend rien distinctement... Je vais voir !...

(*Ils s'éloignent, et sortent,*)

BORGIA.

Près de moi, près de moi, ou vous êtes perdue.

LA MARÉCHALE.

Non, je veux me montrer; je veux voir et être vue. Ouvrez, ouvrez cette fenêtre. (*Elle l'ouvre; une grêle de balles brise la fenêtre.*)

BORGIA.

Imprudente ! (*Il l'entraîne hors du balcon.*).

LA MARÉCHALE.

(*Elle revient, mais pâle, froide et grave, regardant Borgia et les gentilshommes. Elle remarque une balle de plomb.*
(*Avec ironie.*) Des balles, messieurs ! On me traite en homme et en homme guerre. C'est un honneur,

auquel je ne m'attendais pas. (*Avec effusion, à Borgia.*)
Ah ! vous aviez raison. Prenez mes enfans et partez.
Que la bonté céleste vous accompagne. O mes enfans,
mes consolations ! Embrassez-moi ! vite ! vite ! embrassez-moi !

LES ENFANS.

O madame ma mère, madame ! madame !

BORGIA.

On vient....

LA MARÉCHALE (avec hauteur).

Qui ?.... Eh bien ! que me veut-on ? C'est vous, M. le
conseiller ? — Qu'y a-t-il ? Le favori renverse la favorite
aujourd'hui ; c'était hier le contraire. Voilà tout.

SCÈNE VIII.

LES PRÉCÉDENS ; DÉAGEANT suivi de gardes-du-corps.

DÉAGEANT.

Vous êtes arrêtée, madame, et je vais vous conduire
d'ici à la Bastille.

BORGIA (à Déageant).

La voici... prenez-la... Une prison est plus sûre pour
elle. Les échelles sont placées au balcon. (*Il ouvre la porte
des appartemens.*) Allez, messieurs ! je vous la livre, moi.
Allez.... emmenez-la.

LA MARÉCHALE (embrassant ses enfans).

Adieu ! adieu ! Oh ! sauvez-les, monsieur ; sauvez-les.
Otez-les-moi, et sauvez-les, Borgia !

DÉAGEANT prend le portrait sur la table, et dit :

Mettez ceci à part : rien n'est indifférent dans cette affaire.

(*Les gardes emmènent la Maréchale avec précipitation. Les gentilshommes de Concini se retirent après avoir essayé de concerter une résistance d'un moment, sans réussir à s'entendre.*)

SCÈNE IX.

BORGIA, PICARD, puis le PEUPLE.

LE PEUPLE EN DEHORS.

Concini ! Concini ! Mort à Concini !

BORGIA (allant au balcon).

Picard, où es-tu ?

PICARD.

Ouvrez-moi ! me voici.

BORGIA. (Il ouvre ; un flot d'hommes armés entre par la fenêtre.)

Concini est parti. Sa femme est arrêtée. Tout est à vous, excepté ceci. (*Il enveloppe la petite fille dans son manteau, et, prenant le jeune garçon par la main, traverse la foule et sort.*)

PICARD.

Ne versons pas une goutte de sang, et ne prenez pas une pièce d'or.

HOMMES DU PEUPLE.

Mettez le feu à leur palais.

PICARD. (Il hausse les épaules en les voyant faire.)

Et qu'y gagnerons-nous ?

(*Le peuple commence le pillage.*)

FIN DU TROISIÈME ACTE.

ACTE IV.

La chambre du juif; la même qu'au deuxième acte.

(Concini est assis sur une chaise longue, et à demi couché. Isabella, debout à quelque distance, le regarde avec défiance,
et reste comme prête à s'échapper par la porte qu'elle tient
entr'ouverte.)

———

SCÈNE I.

CONCINI, ISABELLA.

CONCINI (continuant une querelle galante).

Non, non, vous n'en saurez rien, tant que cette porte
ne sera point fermée, et tant que vous conserverez avec
moi ce petit air boudeur qui fait peine à voir.

ISABELLA.

Mais vous me direz cela, et vous ne me parlerez plus
d'amour.

CONCINI.

D'amitié seulement; je vous le promets, foi de Florentin.

ISABELLA ferme la porte presque entièrement.

Est-ce que le juif m'a laissée seule avec vous ?

CONCINI.

Non pas ! il compte ses ducats et ses florins quelque

part, près d'ici. Laissons-le faire, et comptons chaque minute des heures de la nuit, par une note de la guitare et de la voix. Chantons et parlons.

ISABELLA.

Si je ne savais qu'on doit craindre tous les hommes, j'aimerais à vous entendre; car je suis lasse de ne voir personne.

CONCINI.

J'étais bien plus las d'attendre dix heures pour vous voir dans cette sombre maison. Savez-vous qu'à la cour vous éclipseriez toutes les femmes? auprès des Italiennes, les Françaises paraissent des ombres pâles.

ISABELLA.

N'y a-t-il pas d'Italienne à la cour?

CONCINI.

Oh! il y en a bien quelques-unes à la suite de la reine, mais ce n'est pas la peine d'en parler. Écoutez cet air.

ISABELLA.

Point d'italien. Cela me fait trop de peine... cela me saisit tout le cœur... Quand vous parlez français, je suis plus tranquille.

CONCINI (ironiquement).

Et comme je veux votre tranquillité surtout, je parlerai français; mais je ne sais chanter qu'en italien, c'est à cela que je gagne ma vie tous les soirs.

ISABELLA.

Tous les soirs, dans les rues? Ah! povero!

CONCINI.

Mais ce qui me rapporte le plus, c'est de tirer les horoscopes et de dire la bonne aventure.

ISABELLA.

Vraiment ! vous savez dire l'avenir ?

CONCINI.

Et même je sais aussi les secrets du présent.

ISABELLA.

Faut-il vous croire ?

CONCINI.

Eh ! sans cela, comment aurais-je deviné que votre mari a une lettre qu'il cache si soigneusement ?

ISABELLA.

C'est vrai ! Et ne saurai-je pas sa conduite, que vous devinez si bien, dites-vous ?

CONCINI (l'interrompant).

Tenez ! il y a un air qui me vaut toujours quelque chose de bon, un air qui m'a toujours porté bonheur.

ISABELLA.

Répondez-moi ! répondez-moi plutôt !

CONCINI.

Me direz-vous où le signor Borgia met cette lettre ?

ISABELLA.

Mais pourquoi donc y tenir autant ?

CONCINI.

C'est une lettre de femme, d'une femme qu'il aimait. Voilà la vérité.

ISABELLA.

Lui ! vraiment ! lui ! Il ne m'en a jamais rien dit.

CONCINI.

La belle raison pour que cela ne soit pas ! Vous seriez

sa dernière confidente. (*Avec gaîté*). Venez donc ici; que l'on vous parle.

ISABELLA (reculant).

Non! non!

CONCINI (grattant les cordes de la guitare indifféremment).

Je gagerais qu'il a grand soin de cette lettre.

ISABELLA.

Oui; il la serre toujours dans un portefeuille noir.

CONCINI joue un prélude.

Tenez, voici le commencement de cet air.

ISABELLA.

Mais quelle était cette femme? était-elle de Florence?

CONCINI.

Je ne puis pas vous crier son nom d'ici, on m'entendrait par les fenêtres : venez vous asseoir près de moi. Oh! le beau temps! Voyez, ne dirait-on pas Florence? Je crois sentir les orangers.

ISABELLA.

Mais pourquoi le ciel est-il tout rouge là-bas?

CONCINI.

Ah! c'est vrai. C'est du côté du Louvre. Bah! c'est un feu de joie. (*A part.*) Pour mon départ peut-être!

ISABELLA.

On dirait que l'on entend crier.

CONCINI.

Je n'entends rien.

ISABELLA,

Non, plus rien.

CONCINI.

Ce sont les Français qui s'amusent.

ISABELLA.

Chantez donc votre air favori. (*Concini commence l'air. Elle ne lui laisse pas faire deux mesures.*) Et quelle était cette femme que Borgia aimait ? Je gage que c'était celle qu'il va voir souvent à présent.

CONCINI.

Peut-être bien ; et pour le savoir , il faut me donner la lettre.

ISABELLA.

Je la trouverai et je vous la donnerai ; mais il l'a toujours sur lui.

CONCINI (à part).

Je le poignarderai et je l'aurai. Double bien !

ISABELLA.

N'est-ce pas une très-belle femme ?

CONCINI.

Peut-être ! Quelle est celle que vous soupçonnez, voyons ?

ISABELLA.

Oh ! c'est un secret. Elle se nommait autrefois Galigaï : c'est tout ce que je sais.

CONCINI (laissant tomber sa guitare sur ses pieds, mais sans la lâcher tout-à-fait).

Elle a voulu le revoir ! Ah ! Borgia ! nous nous sommes croisés , je le mérite bien.

ISABELLA ferme la porte et vient près de lui.

Eh bien ! vous ne la connaissez pas, n'est-il pas vrai ?

CONCINI (avec humeur).

Va-t-il chez elle ?

ISABELLA.

Oh ! certainement, il va chez elle. Et je ne sais qu'en penser. Quand je lui demande pourquoi il va la voir, il me répond que c'est pour une importante affaire d'état. Quand je demande si elle est jolie, il ne répond pas. Au reste, je crois bien qu'elle n'est ni aimable ni belle ; et il m'aime tant !

CONCINI.

Eh ! femme ! elle est belle et très-belle ; ils s'aimaient, et elle l'aime.

ISABELLA.

Elle l'aime ? Elle est belle ? Ils s'aimaient autrefois ?

CONCINI.

Oui, oui, vous dis-je : elle trompe Concini son mari, et Borgia trompe sa femme. Concini se vengera, j'en réponds, car Concini est un homme très-cruel. Mais, vous, ne vous vengerez-vous pas, Italienne ?...

ISABELLA (sans l'écouter).

C'était donc avant mon mariage qu'ils s'aimaient ? Et pourquoi m'a-t-il épousée, s'il l'aimait ? Oh ! voilà qui confond d'étonnement.

CONCINI.

Concini, lorsqu'il le saura, la punira bien cruellement. Concini, certainement, la fera mourir.

ISABELLA.

Certainement, il fera bien. Cette femme le mérite... Mais pourquoi m'a-t-il épousée, puisqu'il l'aimait ?

CONCINI.

A quelle heure va-t-il la voir ?

ISABELLA.

Qui vous a dit qu'ils s'étaient aimés ? répondez-moi, par pitié.

CONCINI.

Ce que je demande est plus important ; dites tout ce que vous savez.

ISABELLA.

Oh ! pourquoi êtes-vous venu me surprendre mes secrets et me glisser les vôtres ? Que vous ai-je fait ?

CONCINI (avec insolence).

Eh ! pardieu ! la belle, vous n'avez rien fait que m'inspirer ce que tout honnête homme ressent pour une fille bien tournée. Mais à présent, trève de jolis propos. La femme dont vous parlez m'intéresse plus que vous. Des détails, donnez-moi des détails sur elle.

ISABELLA.

Ah ! vous me faites peur ! Quel homme êtes-vous ?... aussi méchant, j'en suis sûr, que ce vil Concini.

CONCINI.

Vous ne vous trompez guère, aussi méchant, en vérité. Et si bien, qu'il n'est pas sûr de me désobéir. Borgia reçoit-il des billets ?

ISABELLA.

Un seul ce matin. Un qui l'a fait sortir.

CONCINI (lui prenant le bras avec violence).

Eh ! comment ne saviez-vous pas ce que ce pouvait être, imprudente ! Ah ! pour une Italienne vous êtes bien peu jalouse !

ISABELLA.

Je n'avais pas encore pensé à l'être.

CONCINI.

Songez donc, songez à cela. Il est aux genoux d'une autre femme, il lui parle d'amour en la tutoyant.

ISABELLA.

Hélas ! est-ce possible !

CONCINI.

Et cette femme est charmante, voyez-vous?... Elle est imposante... Elle est superbe, elle a des yeux d'une grande beauté ; son esprit est plein de force, de grâce et de passion.

ISABELLA (chancelant).

Ah ! voulez-vous me faire mourir?

CONCINI.

C'est un crime étrange que l'adultère. Je le trouvais bien léger tout à l'heure, et monstrueux à présent. Le parjure est vraiment la plaie de la société... Dire que ni vous ni moi ne pouvons les empêcher de s'aimer, quand nous les ferions mourir... Savez-vous bien qu'il se rit de vous, dans ce moment? Voilà ce qui est affreux à penser.

ISABELLA.

Oh ! oui. Cela me semble inévitable.

CONCINI.

Et soyez bien sûre que, si l'un d'eux porte quelque anneau conjugal, quelque bijoux précieux, quelque signe d'un amour légitime, il en fait à l'autre le sacrifice en le donnant ou en le brisant à ses pieds. C'est presque toujours ainsi que cela se passe.

ISABELLA.

Quoi ! vous le croyez ! Je pense bien qu'en effet il faut que cela soit ainsi. Soutenez-moi un peu, mes genoux sont bien fatigués.

CONCINI.

Si vous m'aidez, je vous vengerai.

ISABELLA.

Comment ? comment ?

CONCINI.

Sur tous les deux.

ISABELLA.

Sur elle, surtout... Mais lui...

CONCINI.

Eh bien ! lui ?

ISABELLA (tombant, dans un fauteuil, évanouie).

Ah ! j'ai le cœur brisé... Vous m'avez tuée... Laissez-moi...

CONCINI.

Voilà comme elles sont toutes et comme nous sommes tous... Quand elle venait à moi tout à l'heure, comme fascinée par l'enchantement de mes flatteries, aurais-je pu croire qu'une bagatelle la rendrait aussi pareille à une morte qu'elle l'était à une joyeuse enfant ? Et moi-même, quand je lui parlais d'amour, de volupté, de musique, par fantaisie, par désœuvrement, m'essayant de nouveau à mes folies de vingt ans, me trouvant peu coupable et riant de ma faute, je ne me croyais, ma foi, pas assez sot pour sentir un violent chagrin de ce qu'on me rend la pareille. On dirait que l'affliction est une chose ma-

térielle. Je l'ai là, là sur le cœur comme une masse de
plomb. Elle m'oppresse, elle m'étouffe. — Une idée certainement ne ferait pas tout ce mal, une idée que d'autres
idées combattent et anéantissent... Ah ! cela me brûle. J'ai
beau raisonner. Le raisonnement est un faux ami qui fait
semblant de nous secourir et ne donne rien. — Quand je
me répéterais mille fois : La maréchale d'Ancre ne te prive,
par cette faiblesse, ni de tes grandeurs, ni de tes richesses,
ni de tes plaisirs, ni même. peut-être, de son amour; n'importe ! je perds pour toujours la confiance aveugle, qui
est pour le sommeil de l'homme le plus doux oreiller; je
perds ce qu'on a de bonheur à rentrer chez soi et à s'asseoir, en souriant à sa famille. — On a beau se jouer de
l'ordre; c'est un jeu auquel on se blesse soi-même. Ce
plaisir fatal semble un hochet lorsqu'on attaque, c'est un
poignard quand on est atteint. — Si Borgia rentrait en ce
moment; s'il te voyait ainsi, jeune et simple femme, abat-
tue par un mot , et moi frappé du même coup; serait-il
orgueilleux de son triomphe , ou honteux du mien ? Lequel sent-on le mieux, du mal qu'on fait ou de celui que
l'on reçoit ? Ah ! la perte est plus vivement sentie que
la conquête. L'une donne plus de douleur que l'autre de
volupté. (*Il touche Isabella.*) Elle est froide. Mais son cœur
bat. Elle est évanouie... C'est un sommeil. Le sommeil est
un oubli... Plus heureuse que moi. — Va , plus heureuse !
Il est chez moi, et je demeure chez lui... Courons, j'ai
le poignard de Florence pour l'homme de Corse... Arrière l'incognito : je suis Concini, maréchal de France !
(*Il prend son manteau, et sort avec fureur, en enfonçant sur
sa tête un chapeau à larges bords.*)

7

SCÈNE II.

ISABELLA, évanouie; SAMUEL, DÉAGEANT, GARDES.

DÉAGEANT.

Laisse-le aller, juif. Ses pages, ses domestiques et ta
maison, tout va être cerné. Sa femme a été arrêtée à six
heures par moi-même, ainsi que la régente. Tu n'as
plus d'autre parti à prendre que de servir le roi ou d'être
pendu.

SAMUEL.

Je vous préfère encore à la corde.

DÉAGEANT.

Eh bien ! laisse-nous enlever paisiblement cette jeune
femme. Elle aura une vengeance à exercer contre la Galigaï. C'est un instrument précieux. Je vais l'employer
sur-le-champ, dans le procès que l'on va faire. (*A des
exempts.*) Portez-la au Palais-de-Justice dans une chaise.
Pendant ce temps, il faut retenir chez toi ce basané Concini pour une heure encore, afin de me donner le temps
d'envoyer les mousquetaires. Il le faut, sur ta vie ! Mul-
tiplie les embarras et les prétextes.

SAMUEL.

Reposez-vous sur moi. Je l'entends qui se heurte à
toutes les marches et qui appelle à toutes les portes; je
vais le rejoindre et l'arrêter.

(*Il sort de son côté, et Déageant de l'autre.*)

SCÈNE III.

(La scène change.)

(Le théâtre représente un appartement grillé de la Bastille, où la Maréchale est prisonnière. Sa lampe est allumée sur une table chargée de livre épars.)

DÉAGEANT, un CONSEILLER.

DÉAGEANT se frotte les mains.

Le procès marche très-bien. M. de Luynes était fort content, n'est-il pas vrai ?

LE CONSEILLER.

En effet, son froid visage s'est fort éclairci.

DÉAGEANT (riant avec un air de triomphe).

Ah ! ah ! ah ! ah ! c'est que (entre nous ! de vous à moi), c'est que les biens de la maréchale lui sont donnés par le roi après sa mort, et ce n'est pas peu de chose.

LE CONSEILLER.

Une fortune égale à celle de la reine-mère.

DÉAGEANT.

Savez-vous que cette chambre de la Bastille est celle où elle enferma le prince de Condé ? Je l'ai voulu ainsi, moi : j'aime la justice du talion. — Eh bien ! vous voyez que cette petite Isabella dépose avec une colère et une sincérité toutes particulières ?

LE CONSEILLER.

Je crains qu'elle soutienne mal sa résolution. Quand elle pleure, elle s'affaiblit.

DÉAGEANT.

La Galigaï est déjà reconnue sorcière par tous les juges sans qu'elle s'en doute le moins du monde. Voici en outre la preuve que nous cherchions. Regardez bien : voici ce livre que je voulais vous faire examiner, à vous homme érudit en langages orientaux. Je vais le déposer au greffe comme un livre de sorcellerie et de divination.

LE CONSEILLER.

Mais elle a toujours passé pour assez pieuse ; voici chez elle une image de la Vierge.

DÉAGEANT.

Oh ! cela ne prouve rien.

LE CONSEILLER.

Et savez-vous bien que ce livre est l'ancien Testament de Moïse ?

DÉAGEANT.

N'importe, n'importe. L'hébreu est toujours cabalistique. Ah ! bon Dieu ! j'espérais ne pas la rencontrer, et la voilà qui vient droit à nous. Pas moyen de l'éviter.

SCÈNE IV.

DÉAGEANT, LA MARÉCHALE. Elle marche avec agitation, suivie de deux femmes.

LA MARÉCHALE (vivement).

Sommes-nous en Espagne ? est-ce l'inquisition, mon-

sieur? On entre jusques dans ma chambre; on ouvre mes
lettres; on lit mes papiers. On me fait un procès, je ne
sais lequel. La chambre ardente siége à ma porte; on
y pèse ma vie et ma mort; et je ne puis jeter un seul
mot dans la balance? Et je n'ai pas le droit seulement
d'y paraître? Ah! c'est trop! c'est trop! Depuis ce matin
que je suis arrêtée, vous avez fait de grands pas, messieurs, et vous avez mené vite les événemens, si j'en
suis déjà à de tels actes de votre justice. On m'a dit
tout à l'heure des choses si monstrueuses et si inconce-
vables, que je n'y puis croire. Il y a, dit-on, des témoins
de mes grands crimes. Eh bien! allez, monsieur, allez
dire à la cour que je demande à être confrontée avec
eux. On m'accordera, j'espère, cette faveur.

DÉAGEANT.

Madame, si M. de Luynes.....

LA MARÉCHALE.

Je sais, monsieur, je sais que le favori est maître, et
vous son conseiller, comme vous l'étiez hier de la favorite en ma personne. Epargnez vos excuses pour vous et
pour moi. Allez, et faites ce que je vous demande, s'il
n'est pas trop tard.

DÉAGEANT (d'un air hypocrite).

Je le veux bien, madame; mais, en cela, je prends
beaucoup sur moi.

SCÈNE V.

LES MÊMES, excepté DÉAGEANT.

LA MARÉCHALE (à ses femmes).

Ne ménagez rien pour avoir des nouvelles de mes enfans, de M. le maréchal d'Ancre et de la reine. Faites parler les gardiens, les soldats ; ceux qui m'ont servie, si vous en reconnaissez. Prenez des prétextes, donnez de l'or. En voici. Distribuez ces florins. (*Elle leur donne deux bourses.*) Retournez à ceux qui vous ont dit ce qu'on faisait à la chambre ardente. Je vous tiendrai compte de votre fidélité, si je survis à cette prison. Vous m'avez suivie, vous, et de plus grandes dames m'ont abandonnée. Allez, et sachez surtout si M. Borgia a réussi à sauver mes enfans. (*Elles sortent.*) — (*La maréchale s'assied.*)

SCÈNE VI.

LA MARÉCHALE seule.

Ah ! je sens que je suis perdue ; j'ai eu beau lutter, le destin a été le plus fort. Ah ! je sens que je suis perdue ! perdue !

SCÈNE VII.

A MARÉCHALE, DÉAGEANT, douze Présidens et Conseillers au Parlement, les deux fils de M. de Thémines,
quelques gentilshommes, membres de la commission secrète.

DÉAGEANT.

Madame, M. de Luynes, nommé par le roi pour
présider la chambre ardente, a consenti à nous envoyer
près de vous pour la confrontation par vous désirée. La
cour vous fait signifier en somme que les chefs d'accu-
sation contre vous sont ceux qui suivent. — Il convient
que vous les entendiez debout. — La cour vous fait une
grâce en vous les lisant; vous ne deviez les connaître
qu'après l'arrêt. (*La maréchale, qui allait s'asseoir, se
lève.*) — « Sophar Léonora Galigaï, née à Fiorenzol,
» près de Florence, du menuisier Peponelli; vous êtes
» accusée du crime de lèse-majesté au premier chef et
» de trahison, comme ayant eu des intelligences secrètes
» en Savoie, en Espagne, où vous vous serviez de l'am-
» bassadeur du grand-duc près du duc de Lermes; avec
» Spinola en Flandre, et l'archevêque de Mayence en
» Allemagne, comme il appert par les chiffres secrets de
» vos correspondances. D'avoir usurpé l'autorité du jeune
» roi Louis treizième, notre maître; empêché le cours
» de la justice; commis d'énormes déprédations et gou-
» verné l'esprit de la reine... Comment ? Par... »

LA MARÉCHALE (avec impatience).

Par l'ascendant d'un esprit fort sur le plus faible.

DÉAGEANT.

« ... Par des conjurations magiques; car il appert, par

» les déclarations de dix témoins, et entre autres de Sa-
» muel Montalto, juif, et Isabella Monti, ici présente,
» que ladite dame Léonora Galigaï aurait consulté des
» magiciens, astrologues, judiciaires, entretenus à ses
» frais, sur la durée des jours sacrés de sa majesté le
» roi Louis treizième, et aurait professé la religion ju-
» daïque. A ces causes... »

LA MARÉCHALE (interrompant).

Et que ne m'avez-vous fait empoisonner ou étrangler
dans la Bastille? cela valait mieux, messieurs : vous auriez
sauvé la virginité des lois. — Où sont les preuves, où sont
les témoins de cet extravagant procès? La chose en vaut la
peine, messieurs; car, si j'ai bonne mémoire des coutumes,
ce dont vous m'accusez là merite le feu. Regardez-y à
deux fois avant de déshonorer le Parlement; c'est tout ce
que je puis vous dire. Quel coupable politique ! A-t-on
tué jamais, sans l'avoir regretté un an après ? J'ai vu un
jour le feu roi Henri pleurer M. le maréchal de Biron.
Bientôt il en serait de même de moi. Qu'est-ce que votre
bourreau ? un assassin de sang-froid, qui n'a pas l'excuse
de la fureur. Il ôte au coupable le temps du repentir et
du remords; souvent il donne ce remords au juge, messieurs, et toujours à la nation le spectacle et le goût du
sang. — (Ici les juges l'entourent avec une curiosité insolente
comme pour la voir se justifier et pour jouir de son abaisse-
ment.) Eh ! qu'ai-je donc fait, moi ? Mes actes politiques
sont ceux de la régente et du roi; mes sortiléges sont
les craintives erreurs d'une faible femme jetée sans guide
au sommet du pouvoir. Et qui de vous connaît une
étoile qui dirige l'autorité sans faillir dans la tourmente
des affaires humaines ? Que celui-là se montre, et je m'in-
clinerai devant lui ! Quels sont les noms de mes juges ?

(Ici les juges s'éloignent peu à peu. Poursuivis par ses regards, ils se cachent les uns derrière les autres.) Qui vois-je, autour de moi, dans ceux-ci ? des courtisans, qui m'ont flattée, et qui furent mes dociles créatures. Allez ! c'est une honte, que des hommes, après avoir si long-temps obéi à une femme, se viennent réunir pour la perdre. Il fallait, messieurs, avoir hier le courage de me déplaire par de rudes conseils, ou le courage de m'excuser aujourd'hui. *(Les désignant du doigt.)* Répondez, monsieur de Bellièvre, vous qui m'avez conseillé le procès de Prouville, me jugerez-vous ? — Et vous, monsieur de Mesmes, qui vous êtes courbé si bas pour ramasser votre charge de président tombée de mes mains, me jugerez-vous ? — Et vous, vous, monsieur de Bullion, qui m'avez conseillé des ordonnances pour lever des impôts en Picardie sans lettres royales, serez-vous mon juge ? J'en dirais autant à M. de Thémines, que j'ai fait maréchal de France ; et à vous-même, Déageant, président de mes juges ; et à vous tous que je désigne tour à tour du doigt, et que ce doigt intimide comme au jour du jugement. Vous craignez que je ne vous dénonce l'un à l'autre, à mesure que je vous montre. *(Ici les juges sont groupés loin d'elle contre les murailles, honteux, consternés.)* Le bruit de votre nom vous fait peur : car vous savez que je vous connais ; j'étais la confidente de vos bassesses, et tous vos secrets d'ambition sont rassemblés dans ma mémoire. Allez ! faites tomber cette tête, et brûlez-la, pour réduire en cendres les archives honteuses de la cour ! *(Elle retombe assise.)*

DÉAGEANT.

Les insultes sont vaines, Madame, et vous oubliez que vous avez à répondre aux témoins, et surtout à celui-ci.

SCÈNE VIII.

LES PRÉCÉDENS, ISABELLA.

ISABELLA. (Elle court regarder, avec une curiosité insolente, la
Maréchale, qui la contemple avec surprise.)

(*A part.*) Comme elle est belle ! (*Haut.*) Tout ce que
j'ai écrit, je le dis : Cette femme est une magicienne.

LA MARÉCHALE.

(*A part.*) Mon Dieu ! il me semble que ceci est un
rêve et qu'ils me parlent tous dans la fièvre. (*Haut.*) Je
n'ai jamais vu cette jeune femme, et je ne sais d'où on
la fait surgir contre moi : c'est une sanglante jonglerie.

ISABELLA.

Ce que j'ai dit, je le jure : elle est magicienne.

LA MARÉCHALE.

Je demande qu'on la fasse venir ici...ici..., devant moi
et près de moi, et que là, les yeux fixés sur les miens, elle
ose répéter ce que vous lui faites dire.

DÉAGEANT (à Isabella).

Approchez-vous de l'accusée.

LA MARÉCHALE (avec bonté et protection).

Venez, venez, Mademoiselle; d'où vous a-t-on tirée ?
par quelles promesses vous a-t-on portée à ce crime que
vous faites de perdre par une fausse dénonciation une
femme que vous ne connaissiez pas et qui ne vous a jamais vue ? Voyons ! que vous a-t-on donné pour cela ? Il
faut que vous soyez bien malheureuse ou bien méchante !
Oserez-vous soutenir ce que vous avez dit ?

ISABELLA (s'efforçant de la braver).

Oui, je le répète et je l'affirme : je l'ai vue percer d'aiguilles une image du roi.

LA MARÉCHALE s'approche d'elle en roulant son fauteuil, et lui prend une main en la regardant en face, de près.

(*Avec le ton du reproche.*) Oh! oh! — Voici quelque chose de monstrueux ! Si j'avais à croire aux prodiges, ce serait en vous voyant. (*Elle l'observe.*) Elle est toute jeune encore. J'ai l'habitude d'observer et je sais les traces que laisssent le crime et le vice sur les visages ; je n'en vois pas une sur celui-ci : simplicité et innocence, c'est tout ce que j'y peux lire ; mais en même temps l'empreinte d'une immuable résolution et d'une obstination aveugle. Cette résolution ne vient pas de vous, Mademoiselle ; il n'est pas naturel de faire tant de mal à votre âge ; on vous a suggéré cela contre moi. Que vous ai-je fait? dites-le hautement. Nous ne nous sommes jamais vues, et vous venez pour me faire mourir!

ISABELLA (avec fureur et frappant du pied).

Ah ! j'ai dit la vérité !

LA MARÉCHALE se lève.

Non, non ! Dieu n'a pas créé de femme semblable. Si ce n'est quelque passion qui l'agite, c'est un démon qui la tourmente... Jurez-le sur cette croix ! (*Elle prend une croix sur la table.*)

ISABELLA.

Je l'ai juré par le Christ.

LA MARÉCHALE (vivement et comme ayant fait une découverte)

Elle est Italienne... Jurez-le sur cette image de la Vierge !

ISABELLA (hésitant).

Sur la Madone?... Laissez-moi me retirer pour écrire
le reste; je ne puis plus parler.

LA MARÉCHALE.

J'étais sûre qu'elle ne l'oserait pas!.. (*Vite et avec une
faiblesse croissante.*) Je demande, Messieurs, qu'elle reste
seule avec moi; je vous en supplie, Messieurs, ordon-
nez cela... Je ne le demanderais pas s'il ne s'agissait que
de moi; mais je ne suis pas seule au monde, enfin. Le
mal qu'on veut me faire, on le fera à mon mari, à mes
deux pauvres enfans (si jeunes, mon Dieu!), à tous mes
parens, à tous les gentilshommes mes domestiques, à
tous les paysans de mes terres, tous gens qui vivent de
ma vie et qui mourront de ma mort... Laissez-moi donc
me défendre moi-même et toute seule jusqu'à la fin. (*On
hésite.*) Oh! soyez tranquilles, cela servira peu, je le sens
bien : il ne m'échappe pas que je suis condamnée d'a-
vance... Vous savez bien tous que je dis vrai, d'ailleurs;
si vous ne dites pas oui, c'est que vous avez peur de vous
compromettre... Mais, je ne le demande pas, Messieurs,
ô mon Dieu! non... Ne dites rien pour moi. Peut-être
y en a-t-il quelques-uns parmi vous que j'ai offensés? je
ne veux point de grâce; mais seulement laissez-moi parler à cette femme... Je sais si bien qu'elle n'a rien de
commun avec moi!... Il y a conscience de me refuser
cela!

DÉAGEANT.

(*A part.*) C'est sans conséquence : elle ne fera que
s'enferrer davantage... (*Haut.*) Cette liberté vous est
laissée, Madame, mais pour peu d'instans. (*Ils sortent.*)

SCÈNE IX.

La MARÉCHALE (assise), ISABELLA (debout et résolue).

(Long silence. Elle se toisent mutuellement.)

LA MARÉCHALE.

A présent que nous voilà seules, savez-vous bien ce que vous avez fait?.. Vous avez causé ma mort!.. Et quelle mort! le savez-vous? la plus effroyable de toutes!... Dans quelques heures j'aurai la chemise de soufre et je serai jetée dans un bûcher!... Trop heureuse si la fumée m'étouffe avant que la flamme ne me brûle!... Voilà ce que vous venez de faire, le saviez-vous? (*Isabella se détourne à moitié, en silence.*) Vous n'osez pas répondre?... Eh bien! à présent, il n'y a personne ici, dites-moi ce que je vous ai fait, là. Si vous avez eu à vous plaindre de moi, en vérité je ne l'ai pas su. C'est là le malheur des pauvres femmes qu'on nomme de grandes dames. — Vous ne me répondez pas, parce que je devrais me souvenir de vous par moi-même? — C'est bien là votre idée, n'est-il pas vrai? Oh! je vous comprends!... vous avez raison; mais je vous dis qu'il faut nous plaindre. On voit tant de monde! (*Avec crainte.*) — D'ailleurs, ne croyez pas que je vous aie oubliée : je me souviens fort bien de vous; très-bien, très-bien!.. Vous êtes venue deux fois... le matin... Mettez-moi un peu sur la voie, seulement, et je vais vous dire votre nom.... Vous souriez!... Je me trompe, peut-être? — Mais, dans tous les cas, Mademoiselle, je ne vous ai pas offensée au

point que vous me soyez une ennemie si acharnée..... Si
vous êtes de Florence, vous devez savoir que j'ai toujours été bonne pour les Italiennes, autant que je l'ai
pu. Mais que voulez-vous ? à la cour de France on se
méfie de nous beaucoup... Il faut des précautions pour
demander... Si l'on me fait grâce je m'y emploierai. Nous
sommes des sœurs, toutes les Italiennes !..(*En souriant.*)
— D'où êtes-vous ?.. Que vouliez-vous ici ?.. Il y aurait
peut-être encore des moyens d'arriver.... Causons....
Approchez-vous... Causons. — Toujours aussi froide !
(*Elle se lève.*) Mon Dieu ! qu'il faut que je l'aie offensée !..
On ne sait ce que l'on fait quand on a peur de mourir !..
(*Avec orgueil, tout à coup.*) Ah ça ! Mademoiselle, n'allez
pas croire, au moins, que ce soit pour moi que je vous
aie priée ainsi ?.. C'est pour mes enfans !.. C'est parce
que je sais qu'ils seront poursuivis, emprisonnés, déchus
de leurs possessions et de leur rang, comme fils d'une
femme décapitée ; ils mendieront peut-être leur pain en
pays étranger.... Et leur père ?.. ce qu'il deviendra ?....
ce qu'il est devenu ?...

ISABELLA (avec aigreur, vivement).

Ah ! je le sais, moi, Madame...

LA MARÉCHALE.

Vous ?... Oh ! si vous êtes bonne, dites-moi cela, mon
enfant !...

ISABELLA (froidement et durement).

Une femme aussi inquiète de son mari serait bien malheureuse si elle l'aimait. Qu'en pensez-vous, Madame ?

LA MARÉCHALE.

Quand une femme n'aurait pour le chef de sa famille

qu'une douce et respectueuse amitié seulement, ce serait déjà une grande douleur, croyez-moi.

ISABELLA (avec une passion triste et profonde).

Quelle doit être donc la douleur d'une femme qui aime son mari comme on aime son Sauveur, son Dieu?... Une femme qui ne connaît de toutes les créatures que lui seul; de toute la terre, que la maison où elle est cachée par lui, qui ne sait rien que ce qu'il dit, qui ne veut rien que l'attendre et l'aimer, qui ne pleure que lors-qu'il souffre, qui ne sourit que lorsqu'il est content... Une femme qui l'aime ainsi et qui l'a perdu, que doit-elle donc souffrir, dites-le-moi?

LA MARÉCHALE.

Que me veut votre regard fixe, et de qui prétendez-vous parler?...

ISABELLA.

Il est parti bien sombre et bien froid; elle a pleuré. On vient lui dire (je suppose), on vient lui dire : « Il aime une autre femme!... » que souffrira-t-elle?

LA MARÉCHALE.

Une torture affreuse! la mienne!

ISABELLA.

La mienne? — Attendez. — On vient lui dire : « Il est » à ses genoux! cette femme est charmante! elle est im-» posante et superbe! » (*Elle regarde la maréchale plus fixement.*)

LA MARÉCHALE.

De qui parle-t-elle?

ISABELLA (poursuivant).

On lui dit : « Tous les deux se rient de vous : c'est
» presque toujours ainsi que cela se passe. » Quand on lui
dit cela, que devient-elle?... Quand on me dit cela?

LA MARÉCHALE.

A vous?

ISABELLA (se remettant tout à coup, et devenant froide et sévère).

Eh bien! oui, à moi! Je le tiens d'un chanteur italien
nommé Concini.

LA MARÉCHALE (se levant).

Où est-il? où vous a-t-il parlé?

ISABELLA.

A mes pieds, à genoux, là!

LA MARÉCHALE.

Ah! c'est une fille perdue!

ISABELLA (levant les bras au ciel, avec désespoir).

Oh! oui, perdue!

LA MARÉCHALE.

Un mot seulement, et sortez ensuite. M. le maréchal
d'Ancre est-il en péril de sa vie?

ISABELLA.

S'il est caché chez quelque femme mariée, ne mé-
rite-t-il pas que le mari de cette femme aille le tuer?

LA MARÉCHALE.

Vous l'accusez là d'un double crime!

ISABELLA.

En parlerez-vous, vous qui séduisez le mari d'une autre femme ?

LA MARÉCHALE (se levant).

Qui ? moi ! moi ! Que voulez-vous dire ? Vous a-t-on payée aussi pour m'insulter ?

ISABELLA.

Et Michaël Borgia, qu'en dites-vous ?

LA MARÉCHALE.

Quoi ! il était marié ? — Oh ! quelle honte ! oh ! quelle fausseté ! Lui marié !

ISABELLA.

Vous l'aimiez donc, et vous l'avouez ?

LA MARÉCHALE (d'une voix entrecoupée et avec dédain).

Je ne m'en souviens pas ; et vous voyez que je le connaissais mal, car j'ignorais....

ISABELLA.

Que j'étais sa femme ?....

LA MARÉCHALE (avec mépris).

Vous ?....

ISABELLA.

Vous vous en souviendrez, à présent. (*Elle veut sortir.*)

LA MARÉCHALE (l'arrêtant par le bras).

Ah ! vous ne me quitterez pas ainsi ! Vous avez pu me dénoncer faussement ; vous ou une autre, il fallait un faux témoin, peu m'importe : mais vous n'avez pas le droit de me croire humiliée devant vous. Je jure que.....

8

ISABELLA.

Tenez. Jurez par son portrait trouvé chez vous !
(*Elle lui montre le portrait de Borgia, et sort violemment.*)

SCÈNE VIII.

LA MARÉCHALE seule.

(*Elle tombe sur son fauteuil en pleurant.*) Ah ! voilà
le dernier coup... Trahie de tous côtés. Toujours trahie. Hélas ! avec une existence entière... une existence
sévère, toute de sacrifices et de vertu, ayez un moment de pitié !...O mon Dieu !...Ayez un sourire ou une
larme pour un souvenir bien peu coupable, et c'est assez
pour tout perdre à jamais ! (*Elle se lève et se promène.*)
Quelle humiliation ! ô Seigneur ! quelle humiliation !
Certainement, cette femme (une femme de rien!) aura
droit de me dédaigner. Et penser que l'homme qui
nous aime le plus se fait si peu scrupule de nous tromper ? Et pourquoi ? pour arracher à une pauvre femme
l'aveu qu'elle ne l'a pas oublié, l'aveu qu'elle est faible,
qu'elle est femme ! Ah ! Michaël ! Michaël ! c'est bien
mal ! (*Elle pleure et tombe à genoux, elle crie.*) Ah ! prenez ma vie ! prenez toute ma vie ! vous m'avez déshonorée ! Mais... ces pauvres enfans ! mes pauvres enfans !
mes enfans adorés ! qu'ont-ils fait? Où sont-ils, mon Dieu?
dites-le moi! (*Elle demeure à genoux par terre devant
le fauteuil.*)

SCÈNE IX.

LA MARÉCHALE; DEUX HUISSIERS.

UN HUISSIER.

M. le Président et M. de Luynes vont venir. (*Ils se retirent.*)

SCÈNE X.

LA MARÉCHALE seule.

(Elle se lève.)

Voilà mon ennemi ! Eh bien ! qu'il vienne ! qu'il vienne ! il ne me verra pas pleurer. Que servirait cette faiblesse ? A lui donner orgueil et joie ! Ni l'un ni l'autre, M. de Luynes, ni l'un ni l'autre ! J'ai eu mon coup d'état hier : vous, le vôtre aujourd'hui. Mais je serai vengée. — Ah ! courtisans ! vous avez mêlé le peuple à nos affaires ; il vous menera loin.

SCÈNE XI.

LA MARÉCHALE, LUYNES, VITRY, DÉAGEANT ; trois GENTILSHOMMES, deux CONSEILLERS au Parlement.

LA MARÉCHALE va au-devant de lui d'un air assuré et calme.

(*Vite.*) Ah ! bonjour, M. de Luynes. Comment donc !

vous venez visiter une pauvre prisonnière comme moi ?
Vous vous mettrez mal en cour, je vous en avertis.

LUYNES (à part).

Elle me brave. Il n'en faut rien voir, c'est mieux.
(*Haut.*) Oui, Madame. Le roi veut savoir si l'on a pour
vous tous les égards convenables.

LA MARÉCHALE (faisant la révérence).

Je n'ai à me plaindre de personne, Messieurs ; personne ne m'a fait de bruit, car j'ai été seule jusqu'ici.
Que dit-on de nouveau au Louvre ?

LUYNES.

Oh !... peu de chose ! Seulement la reine-mère est
envoyée à Blois.

LA MARÉCHALE.

Envoyée ? Hier elle y envoyait.

LUYNES.

C'est le train des choses, Madame.

LA MARÉCHALE.

Des choses d'aujourd'hui, Monsieur.

LUYNES (bas à Déageant).

Vous ferez disparaître cette femme corse pour toujours.

DÉAGEANT.

C'est fait.

LA MARÉCHALE (s'asseyant).

Que je ne vous gêne en rien, Monsieur : je vais lire.

LUYNES (saluant).

Ah ! Madame ! mille pardons ! Je prendrais congé de vous si je n'avais à vous annoncer.....

LA MARÉCHALE.

Est-ce la prise d'Amiens ?

LUYNES.

...Que le parlement...

LA MARÉCHALE.

Eh bien ! qu'a-t-il fait, ce pauvre parlement ?

LUYNES.

... A nommé....

LA MARÉCHALE (avec dédain).

Eh bien ! a nommé.... quoi ? quelque commission secrète et soumise, n'est-ce pas ?

LUYNES.

... M. de Bullion, M. de Mesmes....

LA MARÉCHALE.

Ah ! bon Dieu ! taisez-vous. On n'entend que ces noms-là quand on veut faire condamner quelqu'un.... C'est d'un ennui...

LUYNES (à Vitry.)

Vous verrez qu'elle ne me laissera pas lui dire son arrêt.

LA MARÉCHALE.

M. l'évêque de Luçon les a-t-il harangués ? leur a-t-il dit encore : *La justice doit être obéissante, et en lèse-majesté les conjectures sont des preuves ?*

LUYNES (à Vitry).

Allez sur-le-champ arrêter son mari, mort ou vif.

VITRY.

Mort.

(*Il sort avec un des gentilshommes.*)

LUYNES.

Enfin, Madame, il faut que vous sachiez....

LA MARÉCHALE (avec hauteur).

C'est bon, c'est bon! j'en sais assez. A propos! (*Gaiement, et tirant ses cartes de sa poche.*) J'ai perdu la partie. Je vous fais cadeau de mon jeu de cartes magiques; vous êtes meilleur joueur que moi. — Cependant vous avez triché, prenez garde à vous; le destin est plus fort que tout le monde. (*Gravement, et l'amenant en avant.*) Ah ça! venez ici maintenant, et cessons de donner la comédie. (*A Luynes, gravement.*) Écoutez, monsieur de Luynes, je sais vivre; je sais mon monde. Vous êtes bien avec le roi, et moi avec la reine. Le roi l'emporte, vous me renversez, c'est tout simple. Vous me faites condamner... probablement à mort.

LUYNES (saluant profondément).

Oh! Madame! pouvez-vous penser que le plus humble de vos serviteurs....

LA MARÉCHALE.

Trève de complimens, Monsieur, je vous sais par cœur; mais entre gens comme nous, on se rend quelques services. Laissez-moi voir mes enfans, et j'avouerai tout ce que messieurs du parlement auront fait.

LUYNES après avoir réfléchi, dit avec une rage concentrée avec rage :

(*Bas.*) Ah! pardieu! nous verrons si tu conserveras

jusqu'au bout cet insolent sang-froid. Tu vas retrouver
ta famille. Je le veux bien. — (*Haut.*) Eh bien ! Madame,
ayez la bonté d'accepter mon bras, et je vais vous
conduire où sont vos enfans. Vous deviez changer de demeure de toute manière.

LA MARÉCHALE.

Et je vous tiendrai parole. Allons ! Mon carrosse est-il
en bas ? (*Brusquement.*) Je n'ai pas besoin de votre bras,
Monsieur.

LUYNES.

Demandez les pages et les gens de Madame; et qu'on
appelle les deux docteurs en Sorbonne pour l'escorter.
(*A Déageant.*) Il y a peu d'hommes comme elle.

(*Elle sort.*)

SCENE XII.

LUYNES, DÉAGEANT.

LUYNES (tirant violemment Déageant par le bras, aussitôt qu'elle
est hors de sa chambre).

Ici, président.

DÉAGEANT (troublé).

Monsieur, où la faites-vous conduire ?

LUYNES (avec fureur).

Sur la place du Châtelet, l'Italienne ! au bûcher, l'insolente ! au bûcher ! Je voudrais déjà m'y chauffer les
mains.

DÉAGEANT.

Quelles rues prendra le carrosse ?

LUYNES (vivement, et avec l'explosion d'une rage long-temps con-
tenue).

On passera.... — Écoutez bien ceci, président, parce
que c'est ma volonté. — On tournera par la rue de la Ferronnerie.... Pas de réflexions, je le veux.... Par l'étroite
rue de la Ferronnerie... C'est là que sont logés ses enfans;
c'est là que s'était blottie toute cette venimeuse couvée
de serpens italiens que j'écrase enfin du pied. J'ordonne
que l'escorte et la voiture s'y arrêtent. — ...Pas un mot,
je vous prie.... Et qu'elle mette là pied à terre. C'est
l'ordre du roi, Monsieur. (*Impérieusement.*) Eh bien!
que voulez-vous me dire? voyons. (*Il le regarde en face.*)
Qu'elle peut rencontrer Concini, et Vitry, et la ba-
taille. Eh bien! que voulez-vous que j'y fasse? Si c'est
sa destinée, je n'y peux rien, moi. Elle est sorcière,
elle devait le prévoir. Et puis, après tout, quand elle
marcherait un peu dans le sang.... Bah! le feu purifie
tout.

(*Ils sortent vite, Luynes traînant Déageant, qui le suit
frappé d'effroi.*)

FIN DU QUATRIÈME ACTE.

ACTE V.

La rue de la Ferronnerie. La borne sur laquelle fut assassiné
Henri IV est au coin de la maison du Juif. — Nuit profonde. — Des gentilshommes et des gens du maréchal
d'Ancre se promènent de long en large. — Un domestique
est couché sur un banc de pierre, l'autre est debout appuyé sur une borne. Ce sont les mêmes qu'on a vus venir
chez le juif au second acte.

SCÈNE I.

M. DE THIENNES et QUATRE AUTRES GENTILSHOMMES de
Concini; Domestiques italiens.

PREMIER DOMESTIQUE.

Depuis ce matin à onze heures, monseigneur le maréchal est chez ce juif, et il est bientôt minuit.

DEUXIÈME DOMESTIQUE.

On dit que cela ne va pas bien chez nous pendant ce
temps-là.

DE THIENNES.

Malgré ses ordres, il faudra pourtant entrer chez Samuel pour avertir M. le marquis d'Ancre !... A quelle
heure ce passant vous a-t-il dit que la Maréchale avait
été arrêtée ?

DEUXIÈME DOMESTIQUE.

A quatre heures de l'après-dîner environ.

DE THIENNES.

Voici un jour plus désastreux pour elle que ne le fut
hier, pour le prince de Condé, ce vendredi qu'elle crai-

gnait tant. Et le ciel est aussi noir qu'il était beau il y a deux heures. Tirez vos épées, réunissez-vous en cercle auprès de la porte : voici des hommes qui marchent à pas de loup..... Ce sont peut-être des gens du roi. — Qui vive ?

SCÈNE II.

LES PRÉCÉDENS, FIESQUE, MONTGLAT, CRÉQUI, l'épée et le poignard en main.

FIESQUE (le bras enveloppé d'une écharpe.)

Concino.

DE THIENNES répond.

Concini ! Approchez. (*Portant au visage de Fiesque une lanterne sourde.*) Ah ! c'est vous, M. de Fiesque..... C'est une nuit à ne pas se laisser aborder.

FIESQUE.

Vous faites, pardieu ! bien : j'ai été abordé moi, et j'ai laissé une main à l'abordage. Tout est perdu. — Sauve qui peut !

LES QUATRE GENTILSHOMMES.

Qu'y a-t-il ? — Quoi donc ? — Qu'arrive-t-il cette nuit ?

FIESQUE.

Nuit sombre s'il en fut jamais ! La reine est arrêtée.

DE THIENNES.

La reine-mère !

FIESQUE.

Par Luynes et sur l'ordre du roi.

LE PREMIER DES GENTILHOMMES DE CONCINI.

Et la maréchale ?

FIESQUE.

A la Bastille , jugée et condamnée au feu en une
heure , selon les *us* du parlement.

TROISIÈME GENTILHOMME.

Est-il possible ? Et sur quel crime ?

FIESQUE.

Ils ont appelé cela magie pour ne compromettre personne de trop élevé. Gardez-vous bien : les troupes du
roi rôdent par toutes les rues. J'ai été blessé sur la porte
de l'hôtel d'Ancre où ils ont mis le feu.

QUATRIÈME GENTILHOMME.

Le feu ! — C'était ce que nous voyions au commencement de la nuit.

FIESQUE.

Monglat et moi nous quittons Paris : je vous conseille
à tous d'en faire autant. Que faites-vous ici ?

TROISIÈME GENTILHOMME.

Ma foi ! à dire vrai, nous gardons les manteaux.

MONTGLAT.

Vous ferez mieux de vous en envelopper pour vous
cacher.

CRÉQUI.

Allons, Fiesque , voilà tes gens qui amènent trois
chevaux. Haut le pied ! Partons !

DE THIENNES.

Et le maréchal , vous l'abandonnez ? Que savez-vous
s'il n'est pas dans Paris , quelque part ?

FIESQUE.

Monsieur, nous avons servi la Maréchale jusqu'au dernier moment : mais moi qui ne reçois pas les mille francs de Concini, je ne lui dois rien et suis bien son serviteur.

MONTGLAT.

S'il est quelque part, ce n'est pas en bon lieu, et nous ne l'y chercherons pas. C'est un insolent parvenu. Adieu.

FIESQUE.

C'est un spoliateur. Adieu.

CRÉQUI.

C'est un avare. Adieu.

DE THIENNES.

Ma foi ! moi, j'ai vécu de son pain dans sa maison. Je reste à Paris.

SCÈNE III.

Les Précédens, D'ANVILLE, armé ; FIESQUE, CRÉQUI et MONTGLAT s'arrêtent.

FIESQUE.

C'est D'Anville ! Il est blessé.

D'ANVILLE.

Ils ont tué mon cheval, et m'ont jeté à terre. Je viens vous annoncer une triste nouvelle.

FIESQUE.

Si tu en trouves de plus sombres que celles que nous savons, c'est toi que nous croirons magicien.

D'ANVILLE.

La pauvre Maréchale va passer par ici dans quelques heures, pour aller au bûcher ! Je le tiens d'un conseiller au Parlement.

FIESQUE.

Dans quelques heures ! ils vont vite. Çà, Messieurs, si nous l'enlevions ? Restons.

MONTGLAT.

Tope !

CRÉQUI.

J'en suis.

D'ANVILLE.

Ma foi ! c'est dit.

LES GENTILSHOMMES ITALIENS.

Ah ! voilà qui est parler !

PREMIER GENTILHOMME (à part).

Si ce n'était là crainte de les décourager, j'entrerais avertir le maréchal.

DEUXIÈME GENTILHOMME.

N'en faites rien, ils s'en iraient tous.

SCÈNE IV.

LES PRÉCÉDENS, PICARD, suivi de bourgeois et d'ouvriers tenant des lanternes et des piques.

PREMIER GENTILHOMME.

Qui vive ?

PICARD.

Garde bourgeoise ! (*Il s'approche, tenant une lanterne et un portefeuille.*) (*A M. de Thiennes. Il salue.*) Ah ! monsieur de Thiennes, je vous reconnais. Vous êtes à M. le maréchal d'Ancre, et je m'adresse à vous pour cela.

DE THIENNES.

Qu'avez-vous à faire à lui ?

PICARD.

Je vous prie de lui rendre ce portefeuille qu'il a laissé tomber. Voici ce qu'il contient. Tenez. — Des bons sur tous les marchands de l'Europe. — Tenez. Cent mille livres sur Benedetto de Florence. Cent mille sur le sieur Feydeau. Six, sept, huit, neuf cent mille livres. — Et il sortait avec cela sur lui, dans sa poche ! — Comme ça ! — Comme on y jette un doublon. — Neuf cent mille livres ! — J'aurais travaillé neuf cents ans avant de les gagner. Et il en a peut-être neuf fois, vingt fois autant, s'il a pris seulement la fortune de tous ceux qu'il a fait pendre. — Toutefois, voici le portefeuille. Si vous savez où est Concini, vous lui rendrez ça !

M. DE THIENNES.

Je lui dirai votre nom, Picard. Brave homme, vraiment. Brave homme.

PICARD.

Je n'ai que faire qu'on le sache, M. de Thiennes ; bien sûr je n'en ai que faire. — J'ai pris la pique à regret, parce que je sens bien que l'on n'y peut attacher un de vos drapeaux sans s'en repentir, et qu'après tout c'est toujours au cœur de la France qu'on en pousse le fer. — Qu'ai-je gagné à tout ceci, moi? — Les gens de guerre sont logés dans ma maison, au Châtelet, où l'on va brûler la pauvre Galigaï. — Ma fille se meurt de l'effroi de cette nuit, et mon fils aîné a été tué dans la rue. — J'en ai assez et mes bons voisins aussi. Allez! la vieille ville de Paris est bien mécontente de vos querelles : nous n'y mettrons plus la main, s'il nous est loisible, que pour vous faire taire tous. — Adieu, mes seigneurs, adieu.

(*Il sort suivi des bourgeois et ouvriers.*)

SCÈNE V.

Les Précédens, excepté PICARD et sa troupe.

FIESQUE.

Tout cela va mal; mais, ma foi! tâchons d'enlever le carrosse de la maréchale, et nous galoperons avec elle sur la grande route de Sédan. Le vin est tiré: il faut...

SCÈNE VI.

Les Précédens, VITRY, D'ORNANO, PERSAN, DU HALLIER, BARONVILLE, et autres Gentilshommes et mousquetaires du roi. — Chaque mousquetaire applique le pistolet sur la poitrine des gens de Concini, qui n'ont pas le temps de tirer l'épée.

VITRY (saisissant Fiesque, lui mettant le pistolet sur la joue).

...Le boire. Mais à la santé du roi, Monsieur. Pas un cri où vous êtes morts. Nous sommes trois cents et vous êtes dix.

FIESQUE (après avoir examiné la troupe des mousquetaires).

Il n'y a rien à dire à cela. Il ne faut que compter, au fait. (*On les emmène sans résistance.*)

VITRY.

Entourez cette maison. Concini est encore chez le juif. Il n'a pas osé sortir. Attendons-le, messieurs, et cachez vos hommes dans les boutiques et les rues voisines. Je vous appellerai. Sortons vite. En embuscade. J'entends remuer à la porte de Samuel.

SCÈNE VII.

CONCINI, seul. Il ouvre la porte avec précaution, et tâte dans l'obscurité.

Coulanges, Benedetto! Borgelli!... Personne. C'est étrange! Voilà comme mes lâches à mille francs par an servent leur maître. — Attendons-les. J'ai cru que je ne sortirais jamais des chicanes de ce maudit juif. Il a pesé, je crois, chacun de mes mille ducats, et me faisait un procès à chacun. Ah! sans l'incognito, je l'aurais étrillé de bonne sorte! Borgelli! Comment ne m'ont-ils pas attendu?

SCÈNE VIII.

CONCINI, PEUPLE.

(*Un parti de vingt hommes sort de la rue de la Ferronnerie, en criant:* Mort à Concini! Vive Borgia! Mort aux basanés!)

SCÈNE IX.

CONCINI, seul.

Encore Borgia! Où suis-je? Ai-je entendu cela? S'ils osent jeter ces cris dans Paris, ne dois-je pas croire qu'ils sont aussi forts que moi? Quoi! mes gentilshommes ne les ont pas combattus? Quoi! ces voix sinistres se prolongent sans obstacles le long des rues, sans qu'une voix contraire s'élève!

SCÈNE X.

CONCINI, PEUPLE.

(*Un parti traverse l'extrémité de la rue Saint-Honoré, en criant :* Vive M. de Luynes! vive le roi! vive M. le prince! Mort aux Toscans! aux Florentins! Vive Borgia! vive Picard! vive Borgia! Concini n'est pas dans la rue de la Ferronnerie. — Au Châtelet! — Au Châtelet!)

SCÈNE XI.

CONCINI, seul.

Je n'entends plus rien! Encore si l'on se battait! mais non! les cris s'éloignent; ils s'éteignent par degrés! —Tout se tait, tout est calme, calme comme si j'étais mort, ou comme s'il ne restait plus qu'à me trouver et à me tuer. Est-ce donc un rêve? — Et qui me cherche? N'ai-je pas hier écrasé les mécontens? C'est quelque troupe de leurs partisans. Mais qui les mène? Ce Borgia!

Ah ! pourquoi est-il encore au monde ? Lui aventureux, imprudent, brave jusqu'à la folie ! Qu'il soit encore vivant, et qu'il vive pour me heurter partout ! Ah ! j'ai du malheur ! Mais je suis encore le maréchal d'Ancre ! Riche et puissant ? Non, je me sens renversé et jugé. Je me sens étranger, toujours étranger, parvenu étranger. Je sens comme une condamnation invisible qui pèse sur ma tête. Si je rentre là, le juif me livrera ; si je passe dans les rues, je serai arrêté. Ce banc de pierre peut me cacher. Cette borne est assez haute. (*Il l'examine, et recule avec effroi.*) Ah ! cette borne est celle de Ravaillac. Oui, je la reconnais dans l'ombre. Ce fut là qu'il posa le pied. Elle est de niveau avec la ceinture d'un homme, le cœur d'un roi. C'est donc sur cette pierre que j'ai bâti ma fortune, et c'est peut-être sur elle qu'elle va s'écrouler. — N'importe. Si je n'avais pas fais cela, je n'étais rien en passant sur la terre, et j'ai été quelque chose, et l'avenir saura mon nom. Par la mort d'un roi, j'ai fait une reine, et cette reine m'a couronné. — Ravaillac, tu as été discret au jugement, c'est bien ; sur la roue, c'est beau. — Il a dû monter là. Un pied sur la borne, l'autre dans le carrosse. (*Ici Borgia arrive, portant un des deux enfans de Concini, et conduisant l'autre.*) Non, sur ce banc... La main sur le poignard... Ainsi...

SCÈNE XII.

CONCINI, BORGIA, LES DEUX ENFANS.

BORGIA.

Pauvres enfans, entrez chez moi : vous serez en sûreté plus que dans ces deux maisons où l'on nous a poursuivis.

LE COMTE DE LA PÈNE.

Ah ! monsieur , il y a là un homme debout.

BORGIA (dirigeant la lanterne que tient l'enfant sur la figure de
Concini).

Concini !

CONCINI.

Borgia !

*(Chacun d'eux lève son poignard et chacun d'eux saisit du
bras gauche le bras droit de son ennemi. Ils demeurent
immobiles à se contempler. Les deux enfans se sauvent
dans les rues et disparaissent.)*

BORGIA.

Eternel ennemi , je t'ai manqué.

CONCINI.

Laisse libre mon bras droit , et je quitterai le tien.

BORGIA.

Et qui me répondra de toi ?

CONCINI.

Ces enfans que tu m'enlèves.

RORGIA.

Je les sauve. Ton palais brûle. Ta femme est arrêtée.
Ta fortune est renversée , insensé parvenu.

CONCINI.

Oh ! lâche-moi , et battons-nous.

BORGIA (le poussant).

Recule donc , et tire ton épée.

CONCINI tire l'épée.

Commençons.

BORGIA.

Eloigne tes enfans qui nous troubleraient.

CONCINI.

Ils se sont enfuis.

BORGIA.

On n'y voit plus... Prends ces lettres, assassin... J'ai promis de te les rendre. (*Il donne à Concini le porte-feuille noir sous les épées croisées.*)

CONCINI.

Je les aurais prises sur ton corps.

BORGIA.

J'ai rempli ma promesse. En garde à présent, ravisseur.

CONCINI.

Lâche séducteur, défends-toi.

BORGIA.

La nuit est noire... Mais je sens à ma haine que c'est toi. Affermis ton pied contre le mur, tu ne reculeras pas.

CONCINI.

Je voudrais sceller le tien dans le pavé, pour être sûr de toi.

BORGIA.

Convenons que le premier blessé avertira l'autre.

CONCINI.

Oui, car on ne verrait pas le sang... Je te le jure par la soif que j'ai du tien. Mais que ce ne soit pas pour cesser l'affaire.

BORGIA.

Non, mais pour nous remettre en état de continuer.

CONCINI.

De continuer jusqu'à ne plus pouvoir lever l'épée.

BORGIA.

Jusqu'à la mort de l'un des deux.

CONCINI.

Es-tu en face de moi?

BORGIA.

Oui. Pare ce coup, misérable. (*Il porte une botte.*)
Es-tu blessé?

CONCINI.

Non... A toi cette botte.

BORGIA.

Tu ne m'as pas touché.

CONCINI.

Quoi! pas encore? Ah! si je pouvais voir ton visage
détesté! (*Ils continuent avec acharnement sans se toucher:
tous deux se reposent en même temps.*)

BORGIA.

As-tu donc mis une cuirasse, Concini?

CONCINI.

J'en avais une, mais je l'ai oubliée chez ta femme,
dans sa chambre.

BORGIA.

Tu mens. (*Il le charge de son épée, tous deux s'enfer-
rent, et se blessent en même temps.*)

CONCINI.

Je ne sens plus le fer. T'ai-je blessé?

BORGIA (s'appuyant sur son épée, et serrant sa poitrine d'un
mouchoir).

Non. — Recommençons. — Eh bien?

CONCINI (serrant sa cuisse d'un mouchoir).

Attendez, monsieur, je suis à vous.

(*Il tombe sur la borne.*)

BORGIA tombe à genoux.

N'êtes-vous pas blessé vous-même?

CONCINI.

Non, non. Mais je me repose. Avancez, vous, et nous verrons.

BORGIA (essayant de se lever et ne pouvant se soutenir).

Je me suis heurté le pied contre une pierre. Attendez.

CONCINI.

Ah! vous êtes blessé!

BORGIA.

Non, te dis-je. Non. C'est toi-même qui l'es. Ta voix est altérée.

CONCINI (sentant son épée).

Ma lame a une odeur de sang.

BORGIA (tâtant son épée).

La mienne est mouillée.

CONCINI.

Va, si tu n'étais pas frappé, tu serais déjà venu m'achever.

BORGIA (avec joie).

Achever? — Tu es donc blessé?

CONCINI (avec désespoir).

Et! sans cela, n'irais-je pas te traverser le corps vingt fois? D'ailleurs, tu l'es autant que moi pour le moins.

BORGIA.

Il faut bien que cela soit, car je ne resterais pas à cette place.

CONCINI (avec désespoir).

N'en finirons-nous jamais ?

BORGIA (avec rage).

Tous deux blessés et vivans tous deux !

CONCINI.

Que me sert ton sang s'il en reste ?

BORGIA.

Si je pouvais aller à toi !

SCÈNE XII.

VITRY, suivi de gardes qui marchent doucement. Il tient le jeune comte de la Pènc par la main, l'enfant tient sa sœur.

VITRY (le pistolet à la main).

Eh bien ! mon bel enfant, lequel est votre père ?

LE COMTE DE LA PÈNE.

Défendez-le, monsieur ; c'est celui qui est appuyé sur la borne.

VITRY (haut).

Rangez-vous, et restez dans cette porte. — A moi la maison du roi !

(*Les gardes viennent avec des lanternes et des flambeaux.*)

Je vous arrête, monsieur. Votre épée.

CONCINI (le frappant).

La voici.

(*Vitry lui tire un coup de pistolet, Du Hallier, d'Ornano et Persan tirent chacun le leur ; Concini tombe.*)

CONCINI (tombant; à Borgia avec un rire amer.)

Assassin ! ils t'ont aidé. (*Il meurt sur la borne.*)

BORGIA.

Non , ils m'ont volé ta mort. (*Il expire.*)

VITRY (gaîment).

Morts ! tous deux ! Voilà une affaire menée assez ver-
tement !

SCÈNE XIV.

LES PRÉCÉDENS, PICARD et ses compagnons.

VITRY (à Picard).

On n'a pas besoin de vous !

PICARD (s'écartant, suivi de ses compagnons).

Pauvre Concini ! Je le plains à présent.

SCÈNE XV.

LES PRÉCÉDENS, un OFFICIER.

L'OFFICIER.

M. de Luynes avec une escorte.

VITRY.

Arrêtez-le. Qu'on ne vienne pas nous déranger, cor-
bieu ! nous sommes en affaires.

L'OFFICIER.

Ma foi ! le voici.

SCÈNE XVI.

Les Précédens, LUYNES, puis LA MARÉCHALE (1).

LUYNES.

Bonjour, *maréchal!*

(1) Au milieu d'un fatras d'injures grossières, que je n'oserais réimprimer par pudeur, et dont on accabla le vaincu après sa mort, entre un libelle intitulé : *Dialogue entre la Galigaya et Misoquin, esprit follet qui lui ameine son mari*, et la *Complainte du gibet de Montfaucon*, et le *Séjan français*, et mille autres cris d'une haine que la mort de Concini, que son corps déterré, pendu, déchiré, que son cœur arraché, rôti, vendu et mangé, n'avaient pu assouvir, j'ai trouvé, avec attendrissement, un soupir de pitié que quelque âme honnête de ce temps osa exhaler. — C'est un petit livre de six pages, caché au milieu de toutes ces impuretés comme une petite fleur dans un marécage. Il s'appelle : *Souspirs et regrets du fils du marquis d'Ancre sur la mort de son père et exécution de sa mère.* Là, plus de sanglante ironie; ce sont des larmes, rien que des larmes, et les larmes d'un pauvre petit enfant qui s'écrie : « O Flo-» rence! tu devais bien plustot retenir ce mien père, que de l'en-» voyer à la France, pour, après tant d'honneurs, être la curée de » la fureur d'un peuple. — O mère! âme, principe de ma vie, fal-» lait-il que vos cendres fussent ainsi dissipées? O estrange mé-» moire! — N'entendrais-je point quelque cri de compassion?..... » O mère! de moi seul chérie, deviez-vous m'allaicter du laict de » tant de grandeurs? De qui tirerais-je secours?... » Et plus loin : « Je recours à vous, Dieu immortel, et par votre grâce trouuerai » celle du roy... » Et pour fléchir ce roy : « C'est une grande gloire » que de pardonner à ses ennemis, et si Cæsar n'eût pardonné aux » vaincus; à qui eût-il commandé?... » Et puis il se rappelle ce bon Fiesque, et parle de lui aux cendres de sa mère : « Et vous, ô ma-

VITRY.

Merci ! c'est bon ! cela se peut ! Mais vous gâtez tout ; voyez.

LUYNES (à la Maréchale).

Ah ! bon Dieu ! madame , il faudrait retourner. Otez les flambeaux. Il n'y a personne ici.

» ternelles cendres ! pouuez-vous vous souuenir des derniers mots » que vous dit un notable seigneur lors de votre sortie du Louure » pour estre conduicte en la Bastille ,... vous luy donnastes ces der- » nières paroles : FIASQUE , FIASQUE NON BISOGNA PARLAR DEL PAS- » SATO. Ainsi, finit l'enfant, quelquefois se trouue le secours d'où » il n'est espéré. »

Fiesque se souvint de ce passé dont elle ne voulait pas parler ; il soutint , il secourut le petit comte de la Pène durant une prison de cinq ans , à laquelle on condamna ce pauvre orphelin , et l'aida à rassembler , à Florence , les débris de l'immense fortune de son père. C'est ce qui m'a fait aimer le caractère de Fiesque, et le tracer ainsi , à demi amoureux de la marquise d'Ancre et tout-à-fait son ami.

Mais cette prière, qui l'a pu écrire ? Point de nom d'auteur : le pauvre homme eût été *pistoleté* , comme on disait. Je m'imagine que ce fut quelque bon vieil abbé, précepteur de l'enfant et domestique du père. — Grâces soient rendues au moins à l'honnête « Abraham Saugrain ! en sa boutique, rue Sainct-Jacques, au-dessus de Sainct ! Benoist. » Brave juif ! tu osas imprimer, en 1617, la petite prière dont je me trouve si heureux en l'an 1831 !

Le jour même du jugement de la maréchale d'Ancre , la jeune reine (Anne d'Autriche) envoya des confitures au petit comte de la Pène, et le fit venir dans ses appartemens. Chemin faisant ; des soldats lui volèrent son chapeau et son manteau ; le pauvre enfant arriva tout humilié, le cœur gros , et refusa de manger. La petite reine, comme on la nommait, avait ouï-dire qu'il dansait bien, il fallut qu'il dansât devant elle à l'instant. Il obéit , et , en dansant, fondit en larmes. Ce fut un vrai martyre.

Il mourut de la peste , à Florence , en 1631.

LA MARÉCHALE.

Personne, dites-vous? personne! monsieur: et voilà
mes deux enfans! Ah! venez tous deux. Les voilà! eux.
Ce sont eux. —Avec qui êtes-vous? Qui a soin de vous?
Ils ont pâli tous deux. (*Elle se met à genoux, à les consi-*
dérer.) Et savez-vous bien qu'on a mis en prison votre
pauvre mère? Mais savez-vous bien cela? Elle a beaucoup pleuré, allez! Elle a eu bien du chagrin. — Embrassez-moi de vos deux bras. — Bien du chagrin de ne
pas vous voir. M'aimez-vous toujours? — Je vous laisserai à M. de Fiesque, vous savez? ce bon gentilhomme
qui vous porte sur ses genoux. — Embrassez-moi donc
bien. — Vous l'aimerez beaucoup, n'est-ce pas? Si
votre père ne revient pas, je vous prie de dire à
M. de Borgia qu'après lui, je vous laisse à Fiesque,
un homme de bien s'il en fût. — Car, voyez-vous, je
vous quitte. — Oh! embrassez-moi bien. — Encore.
— Comme cela. — Je vous quitte pour bien long-
temps, bien long-temps! — Ne pleurez pas. — Et
moi qui dis cela, je pleure moi-même comme un enfant.
— Allons! allons, eh bien! qu'est-ce que nous avons?
— Mais vous ne me répondez pas, mon fils? — Que vous
avez l'air effrayé! — Qui écouterez-vous, monsieur, si
ce n'est votre pauvre mère, enfant! ta pauvre bonne
mère qui va mourir! Sais-tu?

LE COMTE DE LA PÈNE (montrant les corps).

Regardez! regardez! Là et là!

LA MARÉCHALE.

Où, mon enfant? Je ne vois rien.

LE COMTE DE LA PÈNE.

Je les ai vus se battre, là ! là ! Venez.

(*Il la tire par la main.*)

LA MARÉCHALE.

Pas si vite ! — Arrête, enfant. — J'en devine plus que tu ne m'en diras. (*Elle s'arrête la main sur son cœur.*) Dieu ! — Le maréchal... Concini. — Le maréchal d'Ancre !

LUYNES (avec une douleur affectée et une profonde révérence).

Nous avons tout fait pour éviter ces grands malheurs, madame. Mais c'est une rencontre...

LA MARÉCHALE.

Vous m'aviez ménagé ce spectacle, lâche ennemi d'une femme, qui n'avez jamais regardé en face cet homme hardi ! — Que vous paie-t-on sa tête et la mienne ? — Vous m'avez amenée (et c'est bien digne de vous), vous m'avez amenée pour me briser le cœur avant de le jeter au feu. Et cela, pour vous venger de ma hauteur et de votre bassesse. — Quoi donc ! il me fallait voir, voir tout cela ! Vous l'avez voulu ? eh bien ! — examinez si j'en mourrai tout de suite ! — Regardez bien. — Je vais souffrir la mort autant de fois qu'il me faudra. — Vous êtes un excellent bourreau, M. de Luynes ! — Mais ne me perdez pas de vue ! ne perdez pas une de vos joies ! — Par exemple ! Tout pourra me tuer, mais rien ne me surprendra venant de vous ! — (*A un garde.*) Le flambeau, donnez-le moi. — Ne me cachez rien. — On m'a amenée pour tout voir. — Borgia ! ô Dieu ! — Toi, Michaël ! toi aussi. (*Elle prend sa main, et la laisse retomber avec un sentiment triste et jaloux.*)

— Sa femme le pleurera. — Moi, je veux mourir ! — (*A un garde.*) Soutenez-moi, je vous prie. (*Elle s'appuie sur son épaule.*) — (*A son fils. Elle le prend par la main, le conduit sur le devant de la scène, le presse dans ses bras en le baisant au front.*) Venez ici. — Regardez bien cet homme, derrière nous, celui qui est seul ! (*L'enfant veut se retourner; elle le retient.*) — Non ! non ! — Ne tournez que la tête, doucement, et tâchez qu'on ne vous remarque pas. — Vous l'avez vu ? (*L'enfant fait signe que oui, en attachant ses yeux sur ceux de sa mère.*) — Cet homme s'appelle de Luynes. — Vous me suivrez au bûcher tout à l'heure, et vous vous souviendrez toujours de ce que vous aurez vu, pour nous venger tous sur lui seul. — Allons ! dites : oui, fermement ! sur le corps de votre père ! (*Elle s'approche du corps qui est à demi appuyé sur la borne, et porte la main de son fils sur la tête de Concini.*) — Touchez-le, et dites : oui !

LE COMTE DE LA PÈNE (étendant la main, et d'une voix résolue).

Oui, madame.

LA MARÉCHALE.

(*Plus bas.*) Et, comme j'aurai fini par un mensonge, vous prierez pour moi. — (*A haute voix.*) Je me confesse criminelle de lèse-majesté divine et humaine, et coupable de magie.

LUYNES (avec un triomphe féroce et bas).

Brûlée !

(*Il fait défiler la Maréchale, suivie de ses deux enfans; elle passe en détournant les yeux devant le corps de Concini, étendu à droite de la scène, sur la borne de Ravaillac.*)

SCÈNE XVII.

VITRY, PICARD, Gentilshommes, Peuple.

VITRY (se découvrant, et parlant aux gentilshommes et mousquetaires).

Messieurs, allons faire notre cour à sa majesté le roi
Louis treizième.

(Il part avec les gentilshommes.)

SCÈNE XVIII.

PICARD, Peuple.

PICARD (aux ouvriers qui se regardent et restent autour du corps
de Borgia).

Et nous ?

FIN.

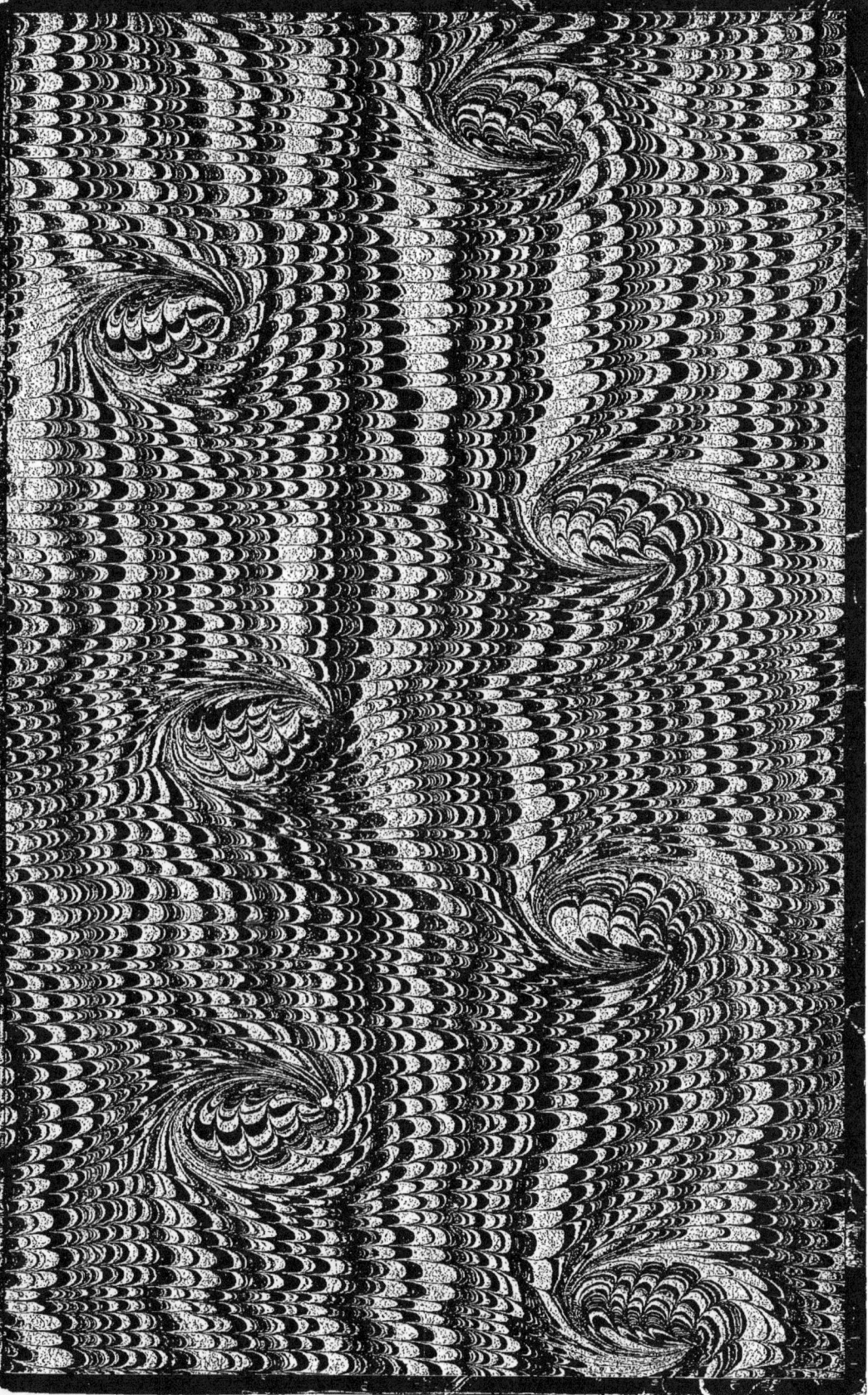

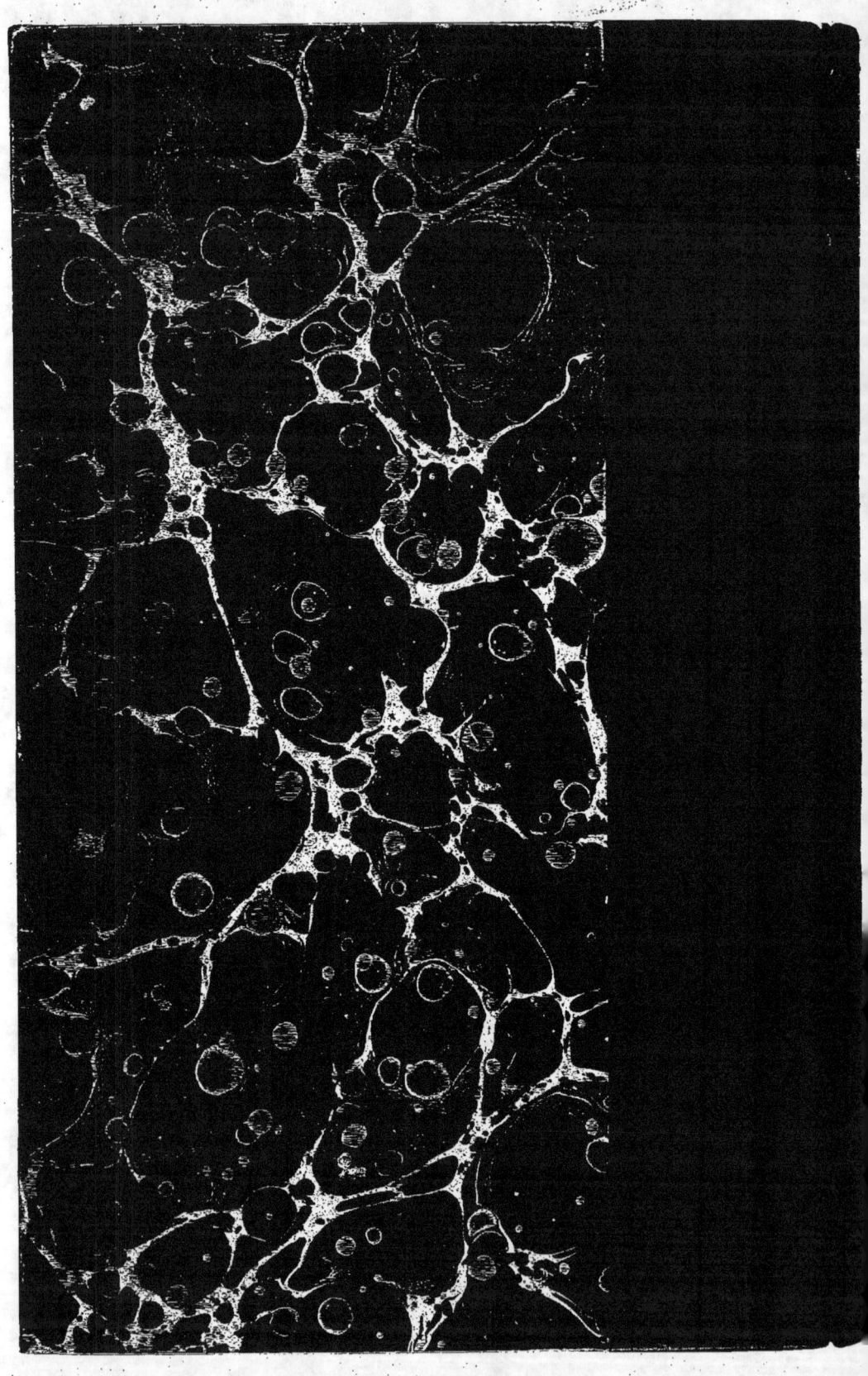

ALFRED DE VIGNY — LA MARÉCHALE D'ANCRE